中国学生
美文鉴赏文库

‖来自风中的呐喊‖

Wuhan University Press
武汉大学出版社

图书在版编目(CIP)数据

来自风中的呐喊/袁毅主编. —武汉:武汉大学出版社,2013.1(2023.5
重印)

(中国学生美文鉴赏文库:彩图版)

ISBN 978-7-307-10490-7

Ⅰ.来… Ⅱ.袁… Ⅲ.小说集–中国–当代 Ⅳ.I247

中国版本图书馆 CIP 数据核字(2013)第 027930 号

责任编辑:代君明   责任校对:宋静静   版式设计:王 珂

出版发行:武汉大学出版社 (430072 武昌 珞珈山)
        (电子邮箱:cbs22@ whu. edu. cn 网址:www. wdp. com. cn)
印刷:三河市燕春印务有限公司
开本:710×1000 1/16   印张:10   字数:68 千字
版次:2013 年 1 月第 1 版   2023 年 5 月第 3 次印刷
ISBN 978-7-307-10490-7   定价:45.00 元

点亮心灵灯盏，激发写作灵感

中外美文，浩如烟海。《中国学生美文鉴赏文库》编委会联手中国少年作家班，贴合中小学生阅读需求，从百万篇作家班学员的佳作中排沙简金，收集了这些美文。这些作者既是读者的同龄人，又是未来中国文坛的希望之星。

作为一套汇集美文的阅读丛书，《这边风景独好》让读者感受到自然的美好；《聆听爱的声音》中每一行、每个字都流淌着爱的旋律；《成长路上的串串音符》是否让你想起了成长中的点滴；《一盏书梦的灯》带领读者去体会阅读的美好；《享受阳光的味道》篇篇散文随兴而发；《来自风中的呐喊》则通过小说揭示人间的真美丑恶。

作为一套写作技巧指导丛书，我们邀请名师用不同的主题，从这些优美的文字中解析这些优秀作者的写作手法。比喻、拟人、夸张等修辞手法装饰着词句；精心的布局构建着新颖。

作为一套启迪智慧、滋养心灵的美文荟萃，我们给出了启发心智的人生感悟、激发热情的铿锵凯歌、启迪人生的点点哲思。每一条"心灵寄语"都值得我们仔细品味，都是学生们培养综合素质的良方。

当你捧起这套书时，你会沉醉于智慧的芬芳之中，更会流连于写作的奥妙中不肯离开。相信，你会把这朵美文之花，轻轻地放到你的背包中，让它伴你成长！

目　录 //

CONTENTS

渲染一瞬间的精彩

——跟名家学写小说

　　小说是一种叙事性的文学体裁，它通过人物的塑造和情节、环境的描述来反映社会生活。情节是人物性格的历史，是塑造人物形象的重要手段。人物是小说的核心，环境是人物活动的场所和性格赖以形成的重要因素，环境创造人物，人物也创造环境。

　　小说是认识社会的窗口。阅读和欣赏小说，可以提高我们认识人生、认识社会和分析问题的能力，提高我们写人叙事的能力。因为小说是通过描写典型环境中的典型人物来反映社会生活的，人物、情节和环境是构成小说的三个基本要素，所以写进小说中的人、事和环境都是经过了典型化的。

　　小说创造过程的典型化包括这几个方面：一是将一类人性格方面的共同点浓缩在一个人的身上，这是人物形象塑造的典型化；二是选取能够充分展现人物精神世界的生活故事，这是情节的典型化；三是在大的社会生活背景下，裁取最能反映社会生活本来面貌的局部生活场景，这是环境的典型化。

　　基于以上几个方面，创作小说，我们应该从以下几方面努力：

多方面、细致地刻画人物

　　人是社会生活的主体和主宰。文学想要反映社会生活，再现社会生活的真实面貌，反映社会生活的本质，就必须以各种各样的人物作为描写的主要对象，小说在这一方面表现得最为突出。为了让读者从人物身上看到其所处时代的精神面貌，作者总是想方设法地把人物写活，同时展示出人物丰富的内心世界。因此，多方面地刻画人物形象成为小说这一文学体裁最大的特点。

在小说里，只要是表现主题和人物性格刻画的需要，既可以写人物过去的活动，也可以写人物现在的生活；既可以写人物的音容笑貌、言谈举止和衣着服饰等外在形态，也可以写人物的内心活动和情感世界。除了直接描写以外，小说还可以凭借叙述人的语言，对人物进行多方面的描述。

既然通过塑造典型环境中的典型人物形象来反映生活是小说的最大特点，那么小说创作的中心任务就是塑造典型环境中的典型人物。它可以不受真人真事的局限，允许充分的想象和虚构。

完整、复杂的故事情节

人的个性常常在具体的矛盾冲突中才能表现出来。小说要多方面、细致深入地刻画人物性格，必须借助于完整、复杂的故事情节。矛盾冲突越激烈，人物的个性才表现得越充分。因此，优秀的小说作品有着完整、复杂的故事情节，并借此来多角度、深入细致地展示人物的性格特征。

具体、生动的环境描写

小说想要刻画人物性格、叙述故事情节，就必须要有具体的环境描写。因为人物总是在一定的环境里活动，受一定环境的影响，事件也总是起因于一定的环境，在一定的环境里发生发展。所以，在小说

里，只有具体地描绘环境，才能具体、真实和深刻地表现出人物和事件的特征，才能揭示出人物的活动和矛盾冲突发生、发展的原因及背景。可见，环境是小说一个不可缺少的因素，而具体地描绘环境是小说又一重要的特点。由于小说具有多方面、细致地刻画人物，完整、复杂的故事情节，具体、生动的环境描写这样一些基本特点，因而它就成为了一种容量最大，最适宜表现错综复杂的社会生活，深受人们喜爱的文学样式。

小说是文学中表现力最强的一种体裁。凡生活中存在而语言又能加以表现的，小说都有能力加以描写，写人、状物、拟声、描绘人的感受、幻觉、梦境以至于潜意识心理状态等等，无所不能。这就有可能把存在于广阔时空中的历史画面和人物内心深处的精神世界，色彩鲜明、惟妙惟肖的在一定篇幅里刻画出来，同时还可以转换叙事视角，变化叙事人称，又可以利用旁白、议论和抒情，使小说的艺术表现获得哲理的、诗的光辉，从而增强思想力度和艺术魅力。

① 街角的吉他店

谁会来找我

浙江/王凌宇

我望着你的脸，只是希望得到你的一个点头，肯定我的行为，可是你却选择闭上眼睛……

闷热的夏天让人不停地产生想要睡觉的欲望，教室天花板上的老式电风扇一边缓缓转动，一边"吱呀吱呀"的响着，似乎在向世人诉说着它的无奈，但是无人能够听懂。

黑色水笔在大拇指上打了个转儿，然后重新回到手掌内，早已烂熟于心的动作却在这时起了分岔。

黑色水笔重重地砸在木制课桌上。

"当"的一声脆响，打破了讲台上老师的美好世界。有那么两秒钟，教室被寂静充满，不过很快老师便反应了过来，开始搜索骚扰同学们认真学习的罪魁祸首。环顾一圈之后发现是自己的得意门生蒋夕萌，众目睽睽之下还得为她保留些面子，于是清了清嗓子道："不会转笔就不要学别人耍宝！"

在转笔失手的那一刻，夕萌的脑子也随着全班同学一起短路了两秒钟，待老师提醒之后，只能羞愧地埋下头。

所有人都重新抬头盯着黑板认真听讲，以此来掩饰自己刚刚走神的心虚。但是，蒋夕萌分明能感觉到有那么一道目光，微含笑意的目光，正投射在自己身上。

根本不用怀疑那个目光的主人了吧！刚才的转笔失误不就是因为自己一心两用吗？而脑中思考的并不是老师正在讲的例题，却是：身后的男生为什么会有着那么好的人缘？

大小通吃，这个词能够形容男生的交际能力吗？蒋夕萌已经用很长一段时间去观察男生的种种行为了，却发现不了半点特别之处，莫非天生便有特异功能？

成绩可以算是班级倒数，但是并不惹老师讨厌，可以很轻松的和任何老师唠家常。班级中众所周知的两大分派：由班长萧若领导的好生阵营以及周璨带着的社会阵营。

夕萌是因为害怕得罪人，因而对两边均是笑脸相迎，但是内心深处还是肯定地将自己归在好生阵营当中。虽然她并不是很喜欢萧若，因为感觉伶牙俐齿的萧若有时也有些咄咄逼人，不过相比之下，她更加无法忍受周璨所谓的美丽装扮。

两大阵营很少有正面冲击，可是大家都在暗暗较劲，双方队

长都希望多拉些成员到自己的队伍当中。也许是成绩使然，随着教室门牌从初一换到初三，萧若阵营中的队员频频倒戈。

如果说每个人在心中都对自己有一个归属地的设想，那么身后男生又会归属于哪一派呢？

男生在两个派别当中都混得如鱼得水，而且竟然连萧若和周璨对此也都无半点怒气，更从来没有听人说过男生是墙头草一般的人物。

夕萌紧锁眉头，右手手肘放在桌上撑着头，这真的是个很令人费解的问题啊！

忽然，夕萌发现同桌的眼睛直直地望着自己，这时才恍然老师激昂的声音早就戛然而止了，心跳骤然加快，转过身目不转睛地望着老师，竭尽全力希望能使那双大眼睛闪现出求知的光芒。可是，夕萌发现老师的目光并不在自己的身上，顺着那目光的方向，径直射向了教室的门口。

夕萌疑惑地望过去，立刻就豁然开朗了：周璨右肩背着半拉开拉链的书包，长长的深紫色刘海遮住眼线，成熟的白色低领衬衫，一双鞋子的鞋跟足有八厘米左右。

原来不是因为自己走神。夕萌松了口气，但还是一脸凝重地关注着事态发展。

周璨低着头，站在教室门口，一副满不在乎的神情。

老师深吸了一口气，似乎在极力平复自己的心情，接着摆手说："进去吧！"

周璨什么话都没说，径直走向属于她的最后一个位置。

所有人的目光都不禁随着她的脚步移动，老师微微摇了摇头继续讲课。

窗外的鸟鸣变得烦躁不安，如同人心一般。

课间，萧若走到夕萌身边，道："最近同学们上课都心不在焉，你作为好同学应该带头认真听课，记住了吗？"

夕萌点了点头,随即悄悄叹了口气。

叮嘱完夕萌，萧若又对身后的男生道："苏楷阳，你也要多多努力，老师说你其实是很聪明的。"

男生笑着敬了个军礼，道："是！大班长!"

萧若说完就走开了。

夕萌转过身问男生："你刚刚是在敷衍她吧?"

男生从杂乱不堪的抽屉里找出一本数学书摆到桌上，不以为然道："当然啊！"

"为什么……"夕萌还想问些什么，却仍旧没有说出口。

"嗯?"男生抬头望着夕荫。

夕萌摇摇头道："没事。"

重新回到属于自己的方向，看着语文书的封面，夕萌看出了神：

为什么，就不能好好学习呢？

下午的体育课，夕萌一个人坐在草坪中央，双腿弯曲，将头靠在膝盖上，闭上眼睛，现在的她是真的太累了。

夕萌应该是一个比较警觉的人吧！身边忽然有了小小的动静，就立刻醒了，睁开眼睛，映在瞳孔中的是男生略带惊讶和尴尬的笑容。

"不好意思，把你吵醒了。"

夕萌揉了揉眼睛道："没事！"

男生坐在夕萌身边，双手撑在身后，仰头望天。

夕萌问："怎么不去打篮球？"

男生道："和他们打，无聊。"

夕萌半调侃道："好啊！看我等会告诉他们，你会怎么办？"

男生转过头挑了挑眉道："随便你！"

夕萌不懂为何他的态度会是这样，想了想，问："你和他们难道不是朋友吗？"

男生回答道："也许只是朋友而已吧！"

神色之间有些失落的感觉，但是似乎又在怀念什么一般。

"好了！我去踢足球了。"男生忽然站起身来，对夕荫道："善意地提醒一下，体育课要多运动，不是用来睡觉的。"语毕，就跑向操场中央。

看着男生瘦高的背影渐渐远去，夕萌的双眉皱得更紧了。

心灵寄语

　　王凌宇这篇以当代校园生活为题材的小说《谁会来找我》，描绘了以萧若为首的好生阵营和以周璨为首的两大阵营之间的关系。然而小说虽写出两阵营的各自活动及关系，但主要的笔墨放在夕萌对不参加任何派别的、不愿学习、对任何事情都无兴趣、一切都无所谓的差生苏楷阳的劝导和帮助上。这不仅写出了当今学生的风貌，也突出表现了苏楷阳他们的心理状态。然而，苏楷阳们这一群体的改变，不是一两句劝导和关心就能使他们转变的。作者在本文的揭示，让人警觉。

灯 塔

湖南/邓文婷

灯塔，赋予我们勇气和智慧。

在这条路上，一直走下去。

我叫寂地，一个守望者。拥有非凡的法术，精致的面容，还有，不老不死之体。

一切，都是树中树妖赐予我的。但代价就是，永远地成为灯塔的守望者，生生世世与他相伴。没有自由，只有孤独和寂寞陪伴着我。

除非有一天我懊悔了，需要经受炼狱之痛，然后才能重新变为人类。

当时的我，很丑，也不算太聪明，饱受众人白眼。于是我义无反顾地选择了前者，从来没有后悔过。

然后树妖下了诅咒施了法，我变成了精灵。只能悬浮在半空中，永世不得越过雷池一步，站回大地。

大片大片的寂寞吞噬着我的内心，我曾经出逃过。可是，换来的却是神形俱灭。

树妖复活了我，她冷笑："寂地，我说过的，你世代都要守护着灯塔。"

我哭了，我后悔了！我乞求树妖给予谴责，我不怕！我只想重新变为人类。

树妖嗤嗤地笑道："岂能这么容易？这一次，我加重了惩罚，需要你，熄灭了那盏日夜守望的灯。"

我抬起头，喜极而泣并接近疯狂地紧紧抓住她的手臂："真的吗？"

我努力了千年，见证了这座城市的衰败与繁华。即使用法力，也熄灭不了那盏灯。

我认识了一个叫做深深的女孩，她被群狼追杀，我救下了她。她留在了灯塔里，把我当神膜拜。

她给我讲她所知的一切，还有一个人，锦戈。

说起锦戈，她满脸崇拜。说她是最美的作家，说她的文字唯美，还有那本很著名的《追随》。

"那是锦戈亲身经历的故事，她最好的朋友，寂地是个平凡、不太漂亮却兰心蕙质的人。寂地有颗善良的心，还有很多小小的希望。锦戈曾对寂地承诺过要一辈子守护寂地，换来的却是等待，等待。寂地失踪的那一天，他们家起火了。红色的火焰吞噬着寂宅，红透了半边天。锦戈冒着热浪去寻找，换来的，却是

一具面目全非的尸体……"深深轻声说。

锦戈，锦戈，我念着这个名字，泪珠滚过脸颊。

那一夜，灯塔里燃起大火，我站在灯塔顶层，脚被禁锢着。火，吞噬着我蔚蓝色的纱裙，我静静地依靠在古铜色的窗户上，望着燃烧着的灯，在哭，在笑。

深深站在我身边，默默注视着我。

"你早就知道我不是人了？"深深站在我身边，默默地注视着我。

"你早就知道我不是人？"深深试探着问。

我轻轻点头。

深深笑着："我是灯之精灵，你一直守护着的，冥灯。"

"传说只要灯精灵现出原形，一招，就能让它魂飞魄散。"我木讷地说。

深深紧闭双眼，一直在微笑，她说："姐姐，你让我觉得，所有的友谊都是无私伟大的。"

深深虽然笑着，但内心一直有个地方在为她流泪。

我轻轻地伸出手，轻声念道："狐火。"

深深，我会让你看到永恒的美丽，在你面前绽放。

远处，无数的焰火在绽放。深深惊讶起来："烟花！"

"或许它只有一瞬间的生命，但它会用尽全力让自己出彩。我们虽渺小，但友谊是伟大的！"我坚定地说。

锦戈，你也祝福我吧……远方，烟花在绽放。

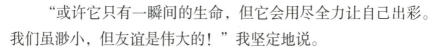

心灵寄语

　　小说《灯塔》营造的情景离现实有些远，故事带着些许虚幻，些许伤感。"我"因长相丑甘愿被树妖施法成为灯塔的守望者，"我"快乐吗？答案明了。这篇小说语言表达较干净，"我"成为灯塔守望者的来历以及"我"救下女孩深深的经过，简洁、清楚。深深讲述锦戈的故事，让"我"内疚，"我"看到了自己的自私，收尾部分流露出"我"真切的愿望。作者没有陈述"我"的行动，但读者相信"我"和深深的友谊是持久的。

　　小说中的对话描写自然，流露出人物真实的心理。叙事上也可写写"我"守望灯塔的心理变化。

萌

福建/朱兰英

一

"好像是夏天，也许是冬天……嗯……怎么说呢，好吧！在我忘记是什么季节的一天晚上，伸手不见五指，虽然我没有手指。一阵汹涌的猛烈气旋带着沙土和许多杂乱的东西扑面而来，同样带来了不幸的预感，以及河对岸特莫斯森林里同伴的恐惧。终于，当恐惧汇成能冲破堤岸的波涛时，他爆发了！暴风雨，特大暴风雨，张牙舞爪的朝特莫斯森林及其方圆五百里的地方汹涌袭来……"

伊在日记中这样写道。伊是一棵年轻的雪松，他年轻的不像话——他有翠绿逼人的繁茂枝叶，明亮的碧绿眼睛，时刻闪耀着青春活力，还有把大地抓得紧紧的强劲树根，是个非常棒的小伙子。他独自住在特莫斯森林小河的另一侧，那儿什么都没有，起码伊是这样想的。没有同伴，没有夏日星星零零的日光，没有茂盛的矮树丛，五颜六色的鲜艳花朵。他想要的东西什么都没有，除了这侧荒凉发黄的贫瘠土地，低矮到他够都够不着的野草。伊继续写着：

"当天空露出鱼肚白的时候，灾难似乎已经过去，一切都变得那么清新美好，除了身旁洛夫妇的遗骸。蘑菇的生命总是那么脆弱短暂，悲哀得让人忍不住流泪。"

伊合上他精致的叶子日记本，抽出手将眼角边的泪花扫去。

很久很久以前，当伊还不是一个英俊小伙子的时候，他的父亲、母亲，以及外祖父与他一起生活，很开心，很快乐。只是在有一天，他们都离开了，突如其来的不见了……

然后特莫斯森林的河对岸，只剩下一棵孤零零的雪松。

唯一让伊高兴的就是，他身旁似乎多了一个有趣的小东西，一个叫做卡可的棕色小蘑菇。卡可陪着伊度过了他一部分的童年，接着在一个白色的大雪日，卡可永远的离开了伊。这让伊难过了好一阵子，并且认识到蘑菇这个物种生命的短暂。他似乎也渐渐懂得了父亲、母亲以及外祖父的离去是怎么一回事了。他开始明白悲伤这种情绪，而且常常运用它。

卡可离开后，在他曾经待过的那片土地上，出现了一只棕色小蘑菇。当他兴高采烈地以为是卡可回来时，一个慈祥的女声轻

轻对他说那是卡可的后代，那是夏娃的声音——她是大地母亲。然后伊开始和夏娃交谈，显然这对他是有帮助的，他学会了许多关于自然界的如识。可当他问起自己的父亲、母亲及外祖父的去向时，夏娃始终不愿意回答他……

到后来啊，伊见证着身旁卡可的后代一个一个地离开自己，然后孕育出新的生命。每当一个蘑菇伙伴离去的时候，伊都会哭上好久好久，然后等待着另一个生命的出现……

二

巨大天幕中裂开一块块犹如丝质薄锦被撕裂般散落的洁白云朵。当伊沉浸在美丽的月色中的时候，耳边听到一个小心翼翼的清脆嗓音，"哈喽，你好啊！"伊有些惊喜地弯下身子，果然看到了一个戴着棕色帽子的小东西对自己露出一个夸张的笑容。

伊友好地笑："你叫什么名字，可爱的小家伙？"那只蘑菇立刻皱起一张苦瓜脸，只见它费力的思索着，思索着……蓦地眼神一亮，"休，我叫休！你呢？巨人，毛茸茸

的，绿色会移动的……"

听到"毛茸茸的，会移动的"这样的字眼，伊有些无奈。蘑菇的词语总是这么贫乏，几乎所有的蘑菇初见他时都这样形容。

"我的名字叫伊，是一棵雪松。我想，山那边的泰伯可能会喜欢你的形容，显而易见，它是一条可怕的水怪。"

蘑菇休干笑两声，为掩饰尴尬，他连忙抬头，美丽的月色让他立刻呆住，"天空，好漂亮！"

"幸运的小家伙。"伊抬头。不同的是，蘑菇休两眼放光望着月亮。看他口水直流的样子，应该是饿了。

伊则眯起碧绿的眼睛，眺望远方，所谓的远方……

一切生命变得那么渺小，那么安静。

三

"伊——"清脆的喊声传来，正在和休玩游戏的伊抬头。天空阳光普照，万里无云。嗯，是个好天气。

"伊，我听夏娃说新的宝宝出生了，所以带他们来看看。"一只颜色鲜艳的金黄色大蝴蝶停在伊面前，气喘吁吁地笑着，露出很白的牙齿。

伊开怀地笑着，摸摸休的小帽子，将身体微微向后倾，让休出现在大家面前。

"嗨，可爱的小家伙。你好，我叫花小蝶。住在小河边的芦苇丛，那是个绿油油的漂亮地方。"大蝴蝶伸手摸摸休的脑袋，转过身向休介绍在她身后的伙伴。

"他是丹宁，一只美丽的仙鹤。他叫蜂蜂，很明显是一只吵闹的蜜蜂。呃哟……"花小蝶龇牙咧嘴的扭着腰部，瞪了一眼露

出尾巴面露凶相的蜂蜂，继续介绍道："这位很憨厚的大叔。我们都叫他蚯蚓大叔，他开了一家'秘制泥土汁'饮料店，以后想吃什么就可以找蚯蚓大叔。"花小蝶一口气说完，接过蚯蚓大叔递过去的饮料，狂饮一番，然后抹抹嘴道："小家伙，你叫什么名字？"

"我叫休，是，是……"眼看蘑菇休说不下去，一个慈祥宽厚的声音接道："是一个蘑菇。"

休面露大骇，想必是被吓着了。他缩起身体靠着伊，转过脑袋，找不到说话的人，却不断有声音传来。

"休，我的孩子，请不要害怕。我叫夏娃，是大地母亲。"带着笑意的声音传来。

"夏娃，你在哪，为什么我找不到你？"休小心翼翼地问。

花小蝶一群人忍不住哈哈大笑。"夏娃是大地母亲，所以她就是大地，大地就是夏娃。"伊有些看不过去，忍着笑，轻轻地对休说，顺便用手推了推笑出眼泪的一行人。

"夏娃……"休缓缓伸出手，抚摸大地，嘴里喃喃着。

当休的小手触碰到大地时，一股奇异的感觉传遍他的全身，像是在母亲温暖的怀抱里，即使他没见过自己的母亲。

夏娃笑了，蒲公英开遍山野。

四

"真是美丽的星空啊！伊，你说是不是？"休懒懒地靠着伊的身躯，褐色的大眼闪闪发亮的观望星空。

深黑色的天空，一条由无数星星构成的星带横穿夜空，一抹亮色蔓延到很远很远的地方……

"休，
你听说过吗，
天空中坠下一颗
流星，大地上便死
去一个生命？"伊凝
望星带消失处的云端，
眼里带着浓浓的悲伤。

"没有，但夏娃告诉
我，星星……只可远观，不
可，不可亵渎。好难懂的话，
伊，那是什么意思？"休昂起小脑袋，蘑菇帽的重量却使他向后
倒去……

不错，在自然王国，星星只可远观，不可亵渎……

似乎忘了自己身在何方，伊伸手扶起差几毫米便与夏娃亲密
接触的休。机械般将泥土汁递给小蘑菇，顺便拍拍他的背。

曾几何时，有位老人也将自己搂在怀里，告诉我许多有关星
星的传说。

在卡可离去后，孤独的伊收到夏娃转送的精致深绿叶子日记
本，上面的叶子脉络清晰，颜色深邃。在叶子的边缘有平滑褪色
的痕迹，应该是有些年头了。

伊爱不释手，不断地问夏娃那是谁造的。夏娃闭口不答，然
后离开了……

伊翻开日记本第一页时，那一段话就使他愣住了——

"伊，我的外孙。当你看到这行字的时候，你的外祖父我，
正在魔幻森林，没错，我被禁锢了。千万千万不要来救我，我

不想把你也牵扯进来，毕竟进来了就出不去了……在此，我要告诉你我被囚的原因，希望你不要犯同样的错误：在你还很小的时候，你外祖父我，喜欢研究天文，那是一门有趣的艺术，我爱它成狂……我的研究终于有了成效，我发现了一颗绝无人迹的星星，提起那个我就兴奋。哈哈哈哈，我将它命名为特莫斯星，并且开始很专注地研究它。唉！不知道哪个利欲熏心的家伙竟将我研究星星的事告到自然界的最高级法院——大法庭。然后根据《自然法》第一百六十七条规定以及《动植物律令》第三百七十八条规定'任何动植物皆不允许与星辰相提并论，否则按事情轻重进行惩罚'。我被判——禁锢于魔幻森林，永远永远不能离开。不过我亲爱的外孙，请放心，我仍在进行我的研究，并且快乐地沉浸于此，所以不要想着来救我。另外，我要告诉你，你的父母是被人类带走的，可能只是去玩玩，很快就回来。我的外孙，你要等他们哦。我亲爱的外孙，你不会孤独，天上的星星就寄托着你外祖父我的祝福，看到它们就等于看到我，你会幸福的，我亲爱的外孙！"

伊仰起头，风吹过，留下恍惚的"沙沙"声。

很美的星星，伊眯起眼细细观看。或许在远方，也有棵苍老的雪衫笑着，捻着胡子笑得开怀……

休咬着吸管，抬起脑袋望着身旁伙计兼亲人的伊那碧绿的眸子，歪着头咧开嘴笑了，那真像，真像花小蝶给我看过的晶莹闪亮的水晶啊！

五

"休，快来看看，好有趣的小东西。"花小蝶招呼着，休弯下身子。

一个小小的绿苗苗紧闭双眼，腰杆笔直地站在光溜溜的黄色土地上，煞是可爱。

"好漂亮啊，伊，它是什么种类，为什么还不睁开眼睛？"蘑菇休伸出小手慢慢抚摸小小的绿色，很轻很轻，像是怕碰坏它似的。

伊咧开嘴，眼里焕发出希冀的神采，"是一棵风吹草，应该快醒了，在这样贫瘠的土地上还能生长，看来是个倔强的家伙。"伊摘下一片鲜嫩欲滴的新叶，捏碎了将它撒在小草周围。

"伊，那我呢？我也是这样生长的，我倔强不？"休讨好的笑着，仰头询问伊。

"休，你这个倔强的大家伙！"伊微笑，拍拍休的帽子。

花小蝶撇撇嘴，将目光重新移到小草身上，顿时惊喜地大叫："休，伊，它好像要睁开眼睛了！"

似乎是为了验证花小蝶的惊喜，小草的眼皮动了动，一双银白色的闪亮眸子就这样出现在众人面前，一瞬间的模糊之后是几

许清明。

"妈妈！"小草望清了眼前几人，对着休大叫一声。

寂静无声……

"休，你打算给他取个什么名字？"接受现实的伊微笑地望着被风吹草紧紧抱住的棕色蘑菇。

"嗯……"蘑菇休进入思索状态，蓦地眼神一亮："就叫钱钱吧……钱钱，我的钱钱小宝贝……"休捏着钱钱小草的嫩绿脸蛋，笑容占据整个脸庞，幸福得让天地失色。

心灵寄语

　　这篇小说有一定的寓意。其中的人物都是来自大自然的花草树木、飞鸟鱼虫，所以又充满了童话色彩。小说的叙述比较有诗意，散文化，没有传统意义上的故事情节，只是比较抒情地描写了雪松"伊"和蘑菇"休"相依为命的经过，充分表明了亲情的渴望，孤独的思念，未来地想象，过去的经历，生命的重要。也许作者的立意是宏大的，但是在描写的时候，有些力不从心，还没有把她内心的一些想法与思考完全表达出来，所以在情节上并不突出，也没有波澜壮阔的场景。但是"伊"与"休"的温情，是打动人心的篇章，让人感动。而夏娃的存在，花小蝶，蜜蜂，小草钱钱的到来，使这篇小说自始至终都充盈着浪漫而温暖的色彩。

　　如果在人物的个性、情节的安排、细节的呈现上多下点功夫，小说应该会更有感染力。

青春痘肆意的季节

浙江/李娜

（一）

"这世上最悲哀的事就是青春期过了，青春痘却还在。"

前桌那个班上最年长的男生又在对着一面明晃晃的镜子长吁短叹，他是复读生，去年中考失利。

小玫默不作声地低头奋笔疾书着，还有几个月就要中考了，她无心顾及这些，尽管她额头上的痘痘也快蓬勃成一片茂密的丛林了。

"那总比长老年斑要好吧！长青春痘说明你还青春，青春痘是你青春的烙印，永远美丽的回忆。啊！青春。你轻轻地来，像……"

"哈哈哈……"小仔慷慨激昂的演讲总是被这么无情地在一片哄笑声中打断。

小玫也终于憋不住了，笑得张牙舞爪，她很无语地看着小仔抓着后脑勺的模样："小仔同学，我比较想在我六十岁的时候长青春痘啦！"

小仔的兴致永远是那么旺盛："这样啊，这位小同学你非常幽默，有些幻想精神是很不错的，可是我们要现实一些。你的青春痘就是在你十五岁的时候长成了一片粉嫩嫩的波澜起伏的海洋，等到了六十岁你还会长老年斑的，可是……"他终于自己停

止了侃侃而谈，因为他看到了一副难堪到发飙的表情。

（二）

第五中学，这是小玫注定要去的。雄厚的师资，一流的教育，全市第一重点中学的招牌。

走出考场的时候，小玫对着瓦蓝的天吐出长长的一口气。

对面闪过来一个滑稽的脑袋，小平头，额头上满是一颗颗饱满鲜艳的红痘痘。小玫一下子笑得喘不过气来："王仔仔，原来你也是一头璀璨的青春痘啊！"小玫原来的确没有发现过，小仔用一头帅气的刘海恰到好处地掩盖了这个秘密。

小仔很不好意思地摸着凹凸不平的前额："都是吾家老母啦！她把刀架在我可怜的脖子上逼着我剪的，我快郁闷到死掉了，无颜出门啊！喂，王玫玫，今天我是来负荆请罪的，你接不接受呀！"

小玫这才发现，自从上次小仔小小惹到她一次开始，她已经足足三个月没有理他了。

小仔继续磨叽着："小玫同学，我说你也太铁石心肠了吧！作为女性同志，看到我这副人不人鬼不鬼的惨样，你也不表示一下同情！唉，教不好啦……你说咱俩每天抬头不见低头见的，何必呢……"小仔真的比祥林嫂还祥林嫂，用句时髦的话来说就是"祥林嫂中的战斗机"。小玫觉得他以后绝对是广大居委会大妈中任劳任怨的一员。

"那你叫我一声姐！叩几个端端正正的响头，忏悔词是：'我错了，我是头超级大肥猪'。"

小玫就是属于那种不鸣则已，一鸣惊人的伟人。小仔一下子呆若木鸡。

（三）

收到录取通知书了。小玫微笑着将它放在床头，仔细端详了好一会。

床头边上还有个空的牛奶盒，小玫拿起来顺手丢进垃圾桶里，在牛奶盒微侧落入桶中时，小玫突然发现盒底有黑压压的一排字。碳素墨水的颜色一如既往地端庄："姐呀，我知道错了，求您大人不记小人过，就别再冷落我了。还有，你收到录取通知书了吗？"

小玫很诧异，她想起这几个月来的牛奶都是小仔给她送到门口的，莫非是为了……她连忙从垃圾桶里翻出前两天的牛奶盒，竟然每一个盒底都写了字。昨天写的是："姐，录取通知书快到了，你填的第一志愿是五中吧。"前天写的则是："姐，要下雨

了，天会变冷，加件衣服。"

那一瞬间，小玫的的确确很感动。

（四）

暑假即将完结，经过一个夏天的修整，小玫头上的青春痘已经褪得干干净净。对着卧室的镜子："呀，多清秀的一个姑娘！"小仔的刘海也已重新长了起来，他还是唠唠叨叨的，每天给小玫送来牛奶。

开学报到后便要住校了，这是暑假的最后一晚，小玫很留恋，牛奶照常送到。只是这次盒底布满了密密麻麻的字，一个挨着一个，很壮观：

"亲爱的老姐，你看到我写的所有字了吗？

老姐我好伤感，我只考上了四中，离五中的分数线只差一分，我是多么想跟你一个学校啊！你一定报了五中吧！！真可恶，你串通爸爸妈妈不告诉我。

老姐，其实那天我的话还没说完，我想说：等到了六十岁你还是会长老年斑的，可是作为你弟，对你长期的观察后，我觉得你到六十岁还是会很可爱的。"

"贫嘴。"小玫笑得灿烂而神秘。

（五）

"喂，姐你走过头了！五中过了！"

"谁说我要去五中了？"

"可是……可是……"

"我的分数确实可以上五中，可是四中的校长不要我学费让我去读，你说我去不去？况且——你不是非常希望和我上一个学校吗？"

这回小仔终于说不出话了，他只是快乐地傻笑着。

（六）

原来，青春痘肆意的季节，也可以很甜蜜。

> 这篇小说表现出青春期少男少女纯洁、真挚的感情。
>
> 文章的题目有新意，情节安排上比较新颖，表达较含蓄。
>
> 创作小说离不开塑造人物。王仔仔这一人物性格外向，他比较爱说调侃的话。小说起始部分，小仔的侃侃而谈同小玫默不作声地奋笔疾书形成对比。接下来的部分，小玫走出考场同小仔的一番话，则表现出小玫也有幽默感。
>
> 小说中的细节描写容易打动读者。作者叙述中，小玫发现小仔送的牛奶盒底下写的字很感动，这一细节选取得好。文章收尾部分，含蓄的表达，让读者自然产生联想。
>
> 这篇小说以"青春痘"为引线展开男孩女孩间的默契与好感，叙述委婉、自然。

马 嘶

北京/李虹澄

天，几近黄昏，马蹄声碎。乔九驹在马脊上有些体力不济。颠簸了一天，伤口都麻木了，他寻思着尽快找家客栈落脚，早些休息吧！

路边，野地，尽是啼哭与白骨。生在战国乱世，乔九驹奔走于诸侯国间，早忘了自己是哪里人。母亲说他出生在鲁国那片土地上，但自他有记忆起便是看着魏国的山水长大的。少年时期，他和父亲到了赵国，留下母亲在魏地的孤坟。后来乔九驹凭借一身武艺，在平原君门下充一食客。今日逃往齐国，是因为与赵国大夫陆悝结了仇怨，虽然昨晚陆悝遣人行刺未成，他仍不得不逃往齐国。

空中老鸹聒噪着，在乱坟岗上空盘旋。如今，他已是孑然一人了，孤身匹马。陆悝则气焰熏天，想暗杀乔九驹，简直像后羿射下一只雀鸟儿，易如反掌。这次，已是他到的第四个国家了，不知这一生，还要浪迹多远，安家何方？眼下要紧的，还是为今晚寻个宿处。

马终于一步一挨地到了齐国的城里，九驹有些欣喜又很是警觉。倏地，马一下受了惊，鸣啸着前腿高高扬起，险些把他掀下去。说时迟那时快，乔九驹抽出长剑，警惕四望。他总觉得，这战马同他这么多年，能觉察到暗藏的杀气。

这次却是例外，原来是有个孩童横冲直撞，把马吓惊了，那孩子跑到巷子尽头，又慌张地折回来，进退两难——巷子两头，都有气势汹汹的壮汉，他见乔九驹拿着剑，便抱住马腿恳求道："大人，救救我吧……"语音未落，几条壮汉已推开过往路人奔来，一把拎起了那孩子，叫嚣着："你这小猢猴也敢偷段老爷的鸡？好生胆大！"说完便提拳要打，乔九驹想起昨晚的刺客——他恨透了这些仗势欺人的走狗。愤然拍马，挥剑直奔那些大汉而来，三两下砍倒了几个，剩下的一轰全散了。

乔九驹把孩子拉过来，问他家在哪里？孩子神色黯然说没有家，他只是一个人。九驹一下子触动了，激起了心中一个念头，这不是天意吗？

"小兄弟，你叫什么？""鲁生，因为我在鲁国出生的。""啊，我也是鲁国出生的呢……鲁生，你可否愿意……同我，一起生活？我也正孤身一人。"鲁生支吾着，不言语。"现在天下大乱，鲁生，一个人多危险……""我娘活着时说过，不要相信陌生人的。"九驹和善一笑，"好，那今晚，你带我寻个客栈，我请你吃酒，就当不枉相逢一场吧。"鲁生听话地点点头，带着他在城里穿街过巷。

乔九驹一手牵着马的缰绳，一手挽着鲁生，漫步在夕阳里。如此温情的一刻，只若昨日的杀机，几十年的风雨全都烟消云散，似游子回到了家中般，他的心登时柔软了起来。一个稚气的孩童拥在身边，这对颠沛流离的人而言是莫大的慰藉，就算明天便被杀死又有何可畏惧呢？至少，我乔九驹，在战国的血雨腥风中，享受过一个傍晚的宁静。他知道，自己太过渴望这种久违的温情了。无论是否一厢情愿，他忽然决心一直牵着这只小手，不再放他到戎马倥偬的世上四处乱跑。

　　过了几条街便闻到了酒香，这是树林掩映下的一间小客栈。乔九驹拴好马，再看远处的烽火，都像是家乡的炊烟了。他挑了个空阁儿坐下，向主人筛了两角酒，又特意买了一只熟鸡，九驹看看那方才还偷鸡的孩子，鲁生也腼腆一笑。

　　乔九驹不一时便醉了，漂泊四方的人，最怕的就是一个醉字。这一醉，就难免记起些个伤心事。他拉住鲁生的袖子，叫着："小兄弟，小兄弟，跟我一道吧！我乔九驹一定爱你如子，不会再让你给那些硬汉欺负，好吗？"鲁生则用另一只袖子掩住面，抽咽道："我父亲……他被编入军队……我都不记得他的模样了……"九驹举起一碗酒，激昂地站起身："既同是伶仃人，不如今夜就认义父子罢！"鲁生也方站起身，忽然乔九驹感到腹部一阵剧痛，他大叫："小心，鲁生，有刺客，快躲到桌子下！"

他迅速环顾四周，竟不见一个刺客模样的人。而眼前的鲁生，居然安静地坐着，脸上，满是不可名状的表情，整理着自己的袖筒……

惊愕与震怒，撼动了这铁血男儿，他夺眶而出的泪水。他绝望地吼叫着："不，不！"

恍惚中，他又看到了那熟悉的匕首——只是今天，似乎还喂了毒，这不是，昨晚的那柄吗？

几经出生入死，乔九驹从未如此痛苦，他没有挥剑反抗，只是用尽全力、崩溃地恸哭，号啕。生命的最后，他更像一个孩童，任性地哭闹着。一生的转徙，一世的悲凉，绝望地愤恨，都在哭声中飘散。

客栈门外，九驹的坐骑，咴咴的长啸，嘶鸣……

心灵寄语

这篇小说的语言表述，粗犷而细腻，有一种高古的味道，透着苍凉的神韵。在作者的演绎中，作者和读者感到内心的痛，与主人公以及那匹马一样，发出嘶鸣，意味悠长。

乔九驹骑着他的马，行走江湖。他从鲁国漂泊到齐国，故事的戏剧性也从路上开始了。他救下了一个名叫鲁生的小孩子，陌路相逢，情感上的契合，于是想认他为义子，刚饮酒行礼之时，不料自己被下了毒手。

这似乎是一个老掉牙的人性与情义的故事，本文在意境描写和情绪表述上很下功夫，故事结构也很紧凑，人物和环境浑然一体。

街角的吉他店

山西/王钰

我失业了。

在两天前，我还是一个乐团指挥，拿着自己心爱的指挥棒，我觉得自己是这个世界上最幸福的人。就在乐团为了主题公演进行最后一次排练的间隙，我看到了一份简短得有些无情的公告：我们的乐团解散了。

"为什么？"我冲到了团长办公室，"这太突然了，到底发生了什么？"

"请别激动，这……这也是不得已的事。"团长白花花的胡子颤动着，眉毛几乎拧在了一起，"你知道，这两年多来，团里的境遇一直不怎么好。尽管大家都在竭尽所有，可是明天的公演……取消了，所以……"

老团长脸上痛苦地挤出一个笑容，我看着他那双青筋突出的手在桌上摸索，我的愤怒退却，涌上心头的是苦涩。"公演为什么取消了呢？"我问。

"主办方启用了一支新的乐团，他们……他们也许更合适一些吧。"团长沙哑着声说，拍拍桌上的牛皮纸信封，"喏，这是赔付的违约金，等下会分发给大家。我，这是我能做的最后一点事了。"

他低下头，抱歉地喃喃说："是我——我没有尽责。我对不

起大家。"

我哽咽了。向老团长鞠了一躬，我飞也似的逃出了他的办公室。

没有和任何人告别。阳光热烈地亲吻着我的头发，我却觉得宛如有人在我的头上浇了一盆冷水。

忙碌的大街上，我呆呆地站着，麻木地注视着亮得炫目的阳光。两年以来努力弥补的伤口，就这么完全地暴露在空气中。

我颓然地把头埋在双手下面，蹲在地上无助地颤抖，这个不曾欢迎过我的世界最终还是毫不留情地把我一脚踢开。

"世界，它是从来不曾拒绝过任何人的。"一个细小的声音从空中缓缓降落，硬生生地砸痛了我。"是你自己拒绝了这个世界。"它继续着，对我的痛苦视若无睹。

我愤恨地一脚踢开地上的易拉罐，跌跌撞撞地穿过街的拐角。

一家乐器店，闪亮的招牌上是一把吉他，似乎也向我发着嘲弄的光芒。

我每天上班都会经过这条街，怎么不知道这儿有家乐器店呢？就在昨天，这里还是飘着香甜气味的冰激凌店。

"见鬼！"那个小声音又响了起来，"你难道不想看看令你心碎的东西吗？它就在这里，既不可怕也不丑陋……"语气里是满不在乎的嘲弄。

"滚开！"我真想大吼一声。那个轻灵的声音没有再次响起，我听到的只有风掠过耳畔粗重的声音。

"我一定是疯了。"我对自己说，走进了乐器店。

这是专卖吉他的乐器店，店里的墙上挂满了吉他。仔细一看，都是我从来没有见过的奇异造型。

它们把我吸引住了。六根弦的古典吉他在这里并不多见，倒是有许多8根弦的；也有没有弦的，看上去就像个木盒子。

漆黑得像黑夜一样的吉他，琴桥上缀满了亮晶晶的小东西。我觉得那一定不是什么钻石，而是星星一样的东西；一把吉他的琴身是海水蓝的色彩，琴钮居然是贝壳、海星、鱼、珍珠、礁石、锚；牛皮纸一般质地的吉他上有羽毛笔写下的字迹，漂亮圆润的花体字仿佛在书写一个奇迹……

一个什么？一个奇迹。

可我真的，不相信奇迹。

世界把我抛弃了，我居然还有闲情来关注这些不知是哪个疯子艺术家的荒唐作品。我注视着走道深处，这狭长的走道突然让我心神不宁。

"琴身是玫瑰木的，弹起来会有玛格丽特花的香味。"

"哦，实在太谢谢你了。我的祖母说，玛格丽特的香味令人怦然心动。她现在再也不能去花园散步了，我就坐在她的床边，为她弹吉他好了。"

"不用客气。记住，每天带着它到花园里走上一圈，让它吸饱花香，这样弹起来才会香味浓郁。"

说话声越来越近了。一个高高瘦瘦的小伙子送走一个看上去心满意足的姑娘，她背着一只琴盒。

"唔——我知道，您已经把自己归为这个世界的弃儿了。您已经被击垮了。可令我吃惊的是，击垮您的居然不是伤痛、挫折、寂寞或是别的什么……"他转过身来，微笑着看着我。他就是那个小声音的主人。

我盯着他瘦削的面颊，棕色的眼眸，微卷的头发。深绿色的连帽衫让他看上去更瘦了，浅蓝色的牛仔裤也是一样。

一个不过十八、九岁的年轻人。

他从墙上取下一把浅蓝色的吉他，它的琴钮是一对对翅膀。

　　"摸摸它，它愿意为你效劳，它知道你的痛苦。"他闭上眼睛说。

　　我的手在不断颤抖，手里都是汗。仿佛我要去触碰的不是一把吉他，而是一块灼热的铁。我闭上双眼。

　　出乎意料的柔软。这样的触感就像是在抚摸一片叶子。

　　张开眼睛，我看到远处蓝得让人忍不住去亲吻的天空。

　　那是一片广阔的茶园，湿润的绿色仿佛要把我淹没。农夫们在安然地劳作，小孩子们在快乐地玩耍，这是我的故乡。

　　"寂平啊，回家吃饭喽！"外婆在我们的小木屋前喊。

　　"来了！"一个头发很是蓬乱的孩子从小伙伴中跑出来，跑向外婆。

　　那是六岁时候的我。

　　"外婆，你不要着急吃饭喔。今天我对小朋友们说，我弹出来的琴声是有翅膀的喔！你听听看！"他兴奋地坐在屋角落里的钢琴边弹起来。

　　我发现自己错了。我曾经相信过奇迹，那么偏执疯狂地相信过。琴声越发地轻快，我听到风的声音，云朵飘过天空的声音，羽翼鼓动气流的声音。

　　当身体变得越来越轻，我看到在偌大的礼堂中。我脸上挂着不再僵硬呆板的微笑，不再机械地弹奏，我舒展着身体，张开双臂，像是要把世界搂在怀里，我要让全世界都听得到我；在我身边听我弹奏的，不再是衣着华丽、庄重神气的观众，而是我的外婆、乡邻、朋友、小猫，向我微笑的是我喜欢了很久的女孩子，她调皮地冲我眨眼睛；我们所有的乐团成员在共同演奏，我抚平着每一个音符，没有乐谱，没有束缚，谁知道下一个音符是什么

呢？管它呢！我要把一切都表达出来，风调和茶叶的声音，茶花开了的声音，青鸟鼓翼的声音，阳光撒落在田野的声音……

我拿着指挥棒，构筑了一个新的世界……

是什么流进嘴里，咸咸的。

我知道那是眼泪，可我没有去擦，而是让它尽情流淌。

没有什么能阻挡我了，就连我自己的痛苦和脆弱也不能。

美妙的音符传来，我又重新回到了这个世界。寂平正在给一把吉他调音。

"一个美梦？"他咧开嘴笑了。"你睡得真熟。"

"嗯。"我不置可否地回答。那绝对不是一个梦，我看到的一切，有的是回忆，已经发生过了，有的将要发生。

"一个美梦换一把吉他。"他一本正经地说："它喜欢上你了。"说着把那带着翅膀的吉他递给了我。

多么奇怪的交换方式，但，我喜欢。

"再会。"寂平快乐地说。他褐色的眼睛中有我从未见过的光芒。

我背起琴盒，向他挥挥手，走进了灿烂的阳光里。

心灵寄语

说也奇怪，越看少年们寄来的稿子，越觉得高兴，即使看了半天也不知他到底要写什么的稿子，或是东拉西扯偏离中心的稿子，我也不知疲倦地总想给他理出个头绪来。即使理不出头绪，也总要宽容自己说他既然写了这么多，就让他放手写吧，写多了，也许就会写出一些精彩的片断或是写出一篇还不错的文章来。也许就是这种宽容态度，使我等待小作者的来稿。

不过有的文章会使我眼前一亮。比如，王钰寄来的这篇《街角的吉他店》，让我觉得王钰这位太原师院附中15岁的女中学生，是一位写小说的材料。《街角的吉他店》写的是一位在某剧团当指挥的乐师，在主题公演最后一次排练的间隙，看到一份简单的公告：我们的乐团解散了。当他到老团长的办公室问原因时，老团长告诉他：这两年团里境遇不太好，明天的公演取消了，主办方用了一支新的乐团，他们赔付了违约金，等下分给大家……

正当"我"在大街上无奈地抱头在阳光下时，一个声音对我说："是你自己拒绝了这个世界。"

从不相信奇迹到奇迹的出现，小伙子和姑娘的谈话，为外婆、乡邻、朋友及女孩弹奏，找回了自我，拥有了世界……

这篇小说是事件的发生发展组成了情节，又以被抛弃的沮丧和梦境般的回归而获得新生，真实而又充满幻想，体现了作者对文字的驾驭能力。

智斗"骗子"

辽宁/李浩特

雄壮的国歌声响起，吵醒了正在甜蜜睡梦中的欧歌。她愤愤地起床，奔到电话旁。每天，她都要听上十几遍甚至几十遍国歌声，都可以倒背如流了。这是她家的电话铃声，是爷爷要设置这个铃声的，为了培养她的爱国情怀。

欧歌半闭着眼睛，打了个哈欠，然后懒懒地抓起电话："喂？"电话那头让欧歌为之一震："您好，您收到法院传票，今天是最后期限。明天法院将公开审理您的刑事案件，请您做好准备。为了您的人身安全，请您务必将300000元打到我们的卡上，卡号为……"这一段声音僵硬，明显是录音机里播放出来的。欧歌听不下去了，最近骗子真是越来越嚣张了，她才不会上当。她挂了电话，准备回到卧室。

欧歌还没有钻进被窝，国歌声又响起了。她气得火冒三丈，飞奔到客厅拿起电话："欧小姐，请您不要擅自处理此事，否则后果会不堪设想。如果想保全性命，请速汇款……""啪"的一声，欧歌挂了。她是因为紧张才挂了的。她没有想到，对方竟然知道她的姓，这怎么

可能呢?

　　欧歌睡意顿消,她满脑子都是那个电话。她有些害怕,又有些懊恼。今天是周六,父母都去上班了,她本来可以好好地睡个懒觉的,没想到碰上了这个事。她坐在沙发上,努力让自己平静下来。她决定了,哪怕牺牲自己的周末时间,也要把这个骗局弄得个水落石出!

　　说干就干。她先分析了一下作案动机,很有可能是谋财,也不一定要谋杀。她又判断了一下嫌疑人,嫌疑人第一次用录音和她谈话,显然是不想让她知道自己的声音特征。而第二次用的是真声谈话,而且声音好像很粗、很气愤。不过这不能说明什么。她首先排除了陌生人的可能性,对方能讲出“欧小姐”,就一定了解她,或者是她的家庭。对方出口很张狂,30万,那么显然他知道欧歌家的家庭背景,但是这是谁?欧歌想痛了脑袋。

　　于是她又从下一条线索想,她翻看通话记录。想看看这个人究竟是在哪里,是在本市还是其他地区。翻看一下,她有些吃惊,这个电话是从国外打来的!欧歌冷静思考了一下便明白了,这是掩盖自己真实住处的最好办法,电话可以从国外转接到那人的住处,这个难不倒她。虽然这条线索也断了,但是欧歌还是存着一线希望。她觉得,此人已经盯准了她们家的财产,就应该还会来电话索要,到时候和他见面就会水落石出了。于是欧歌等着电话打来。

　　过了一会,电话打来了。欧歌有些颤抖着拿起电话,弱弱地喊了句:“喂?您好。”通话的那个地方嘈杂不已,不过还是能勉强听清有一个人的声音:“我告诉你,你要是再不汇款我就杀了你,赶快!”欧歌装作害怕的声音问:“您,您能再告诉我一

遍卡号吗？我，我忘记了。"她在拖延那个人，准备和他会见。那人粗鲁地又说了一遍数字。欧歌根本没记，她说："可是，我不会整啊！怎么取款，怎么给你？"那人过了好一阵子才回话："你到你家对面的那个银行去，我等着你，你要是敢带人去，嘿嘿……"欧歌挂了电话。

形势好像更严重了，欧歌开始怀疑自己的侦破能力，要不要找警察？她痴痴地想着。不过，她觉得已经到了这个地步，勇气已被一种力量填满，还有什么可怕的？于是，她咬了咬牙，准备继续"战斗"。那个人说，在对面的银行？说明他很清楚她家住在哪里。如果是这样的话，那人一定会跟踪自己。欧歌进了更衣柜，拿出妈妈的衣服，准备穿上。别看她才13岁，个子已经挺高了，穿妈妈的衣服完全没有问题。这样做，可以让嫌疑人迷失追踪目标，因为此人一直认为她是个小孩子。欧歌穿上妈妈的衣服，呵，还真像个大人，她很满意。顺便戴上太阳镜，这样嫌疑人看不到她的长相。

欧歌刚想从家出去，突然想到嫌疑人会不会就在楼下的某个角落，假如他认出自己，那就糟糕了。被逼无奈，她爬到阳台，从那里跳了下去，幸亏她家是一楼，要么结果不堪设想。

欧歌绕着一条小路走着，这条路几乎没有人知道。她看到没有人跟踪，心里稍微稳定了一下，然后拐向银行。

到了银行取款机那里，欧歌等着那人的到来，可是等了半天都没看到一个光头黑墨镜的坏人。欧歌有点奇怪，准备用手机打一下那个国外电话。

拨通后，她四周看了看，只看到一个胖胖的女孩站在提款机那里。这时，那女孩子的电话铃声响起，她接起了电话。这本来没什么好说的，欧歌却有了惊人的发现，只见那女孩说了一声："喂？"这声音，正从欧歌自己的手机里传来！欧歌惊呆了。只见那个女孩回头，欧歌愣住了，那不是她的好朋友胡珊珊吗？

欧歌扑过去，大声说："珊珊是你吗？是你在骗我吗？你为什么要搞这样的骗局啊？"胡珊珊一脸委屈："我没有想要你的钱啦！只是想逗你玩玩，难道你忘了今天是愚人节？我想测测现在的女孩子有多大的恒心与勇气，这个测验把几个女孩都吓晕了！唯有你很勇敢，我真的很敬佩你哦！不过我想提醒你，以后遇到这事不要自己处理，很危险的，要找警察！"

欧歌叹了口气，笑了。没想到这都是胡珊珊一手搞的一场玩笑。不过，这让欧歌自己更有信心了，她不仅是一个可爱女孩，更是一个勇敢的、有智慧的全能少年！

心灵寄语

小说《智斗"骗子"》，李浩特同学将事情的起因、进展、结果叙述得一波三折，顺畅、自然。

起初，欧歌接到一个索要钱财的电话，对方竟然知道她的姓。欧歌反复思索这件事，排除了种种可能，她认为对方还会来电话。对方的威胁进一步升级，让她到对面银行取款。小说在情节铺展上留下悬念，这个"骗子"到底是怎样的人呢？谜团终于揭开了，"骗子"原来是胡珊珊。作者在叙述过程中，不动声色的描述，穿插的心理、行动描写也较到位。

这篇小说营造出了悬疑感，情节铺展上环环相扣，内容不错。小说的氛围感还可以增强。

吃

北京/李婉莹

睡不着，我爬起来坐在窗台上。

最近又累又倦，也不知道为什么。

有人对我说，你除了会写小说你还会个P，有人对我说，你其实一开始就是个错误。我咬紧嘴唇转身，视线晃动得厉害。

曾经以为我有一头独角兽，忠实地等待着我从黑夜之海归来，等待我骑上它飞向一片光晕，所以我记得在苍白的脸上戴两朵还未盛开的蔷薇；曾经相信痛和艰难的时光来得快去得快，所以我以为未来都是银色的雪，晶莹透亮；曾经决心成为一个无所不能的人，所以我没有想过蒙住双眼走上摇摆不定的古老木桥的感觉，不知道什么是害怕。

那样的我，无知、轻狂，内心充满希望。现在的我，守候一个信仰，却忘记古语，物是人非。

你说，是梦想开始背叛我了吗？

如同电线杆上灰灰脏脏的鸟儿，在城市失去飞翔的方向。只好将翅膀藏在一叶薄风中，梦也只能蜷缩在角落。

月光在冰凉的大理石上肆意攀爬，使我产生一种幻觉。我坐在湖边，明亮的水纹一簇簇掠过指尖。除了柳枝，虫鸣，一切都是真实的。

在这个湖的中央，薄薄地映着你的影像。

　　你喜欢笑，难过的时候，无奈的时候，尴尬的时候，眯起眼睛，眼神如同清晨还没睡醒的阳光。你说那些时候你在向太阳微笑。

　　这一生走过去像走一座高山，海拔高的地方会缺氧。唯有拥抱更高的地方，喜欢上炽热的阳光，忘记身陷的事实才能望见山峰银色的雪。

　　忽然间我似乎懂你了

　　我微微点头，我和你一样。

　　呐，后来我睡着了。我做了一个梦，我梦见你了。

　　你就站在我对面，你的背后是无尽的山野。所有的树木，所有的绿色，毫无遮拦向我袭来，融化了你的微笑。

　　睡不着，我抱着枕头坐在床上。

　　我在临近期末的自习课上很没出息地哭起来——终归受不了去坚持我厌恶的事情，与梦想背道而驰的事情。

　　我以为我会成为那样的人，将自己磨成一柄锋利的剑，狠狠

地插入时间的入口，无论那剑的样子是否心爱；我以为我会成为那样的人，精密地策划未来如何飞黄腾达，把梦想当作童年里的肥皂泡，美丽易碎。可惜我还是我，习惯把梦想捧在手心的我，傻傻地为了小时候的誓言还在等待的我，不愿改变的固执的我。

无法欺骗自己，不想重复努力挣扎和徒劳放弃的过程。

你说，我是把整个未来毫不犹豫地扔过去了吗？

我经常听见一种声响，从洪荒深处一路奔腾而来，涌进原本就稍显凌乱的房间。那声音压住眼皮，我无法睁开双眼。只能听见东西碰撞发出的疼痛——抽屉里的日记，广告画颜料，贺卡信件，它们一定都随着这声响，该浮的浮，该沉的沉。

我的年华不足够长，没有资格去检验事物的密度和可信度，沉浮之间的决定都在后悔。

拉开窗帘，远处山峦像是用眉笔修饰过的眉毛，不远处的医院里有昼夜不熄的白炽灯。再近一点，北极星的光芒刚好泻在地

板上。有关黑夜的细节可以在暗室里漂白成曝光过度的照片，丝丝缕缕，诱人，孤单。

在这些照片中间，有一张上面有你。

你难过的时候会在夜晚的街头来回走，觉得想哭才会给谁发条短信，打球经常受伤却总说没事，喜欢一个人可以等她好几年，被人嘲笑梦想也从来无所谓。你说那个时候的你在坚持。

未来逆光，唯有在黑夜里坚持寂寞才可能等到日出。在此之前需要紧闭双眼，承受泪水的重量。

忽然间我懂你了。

我轻轻捏紧拳头，我和你一样。

呐，后来我睡着了。我做了一个梦，我梦见你了。

你就走在凌晨的街头，灯光顺着你的背影分尾，消逝在那个有些年纪的学校的后门。

呐，有天我睡得很沉，我做了一个梦，我梦见你了。

你和我同班，就坐在我前面听课，我用铅笔戳戳你借笔记

本，你立刻转身。后来你我同时变老，我们在公园里安静地听广播新闻，穿制服的高中生们匆匆从面前走过。再后来我们坐在一条小船里，周围大雾弥漫，水声汩汩。我什么也没想，什么也没做，望着你的眼睛，任凭这条船驶向大雾更深处。

我们没有共同偏爱的小说，钟情的吉他调以及刻骨铭心的记忆，但我喜欢和你说话的感觉。我们不能分享一包糖，不能每天见面，但感觉你一直在我身边。你总是和我做出相同的决定，对事情的看法与我相似。

我从来不去掂量我在你心里的地位，我想我知道。

呐，无论我将走上怎样的路，我知道你和我一样。坚持，决然，在向太阳微笑。

心灵寄语

读李婉莹的这篇小说《吃》，似读一篇青春的独白，情真意切，满含诗情画意。说是写思念也好，怀想也好，单恋也好，都不过分。

作者在以"我"怀思"你"的过程中，以缠绵的情思，首先予以自我形象的描绘，写别人对自己的看法，写自己的无知轻狂，写自己的梦想与希望。写幻觉，写感觉。这一切，又是围着对"你"的思念、回忆，共同学习，共同追求美好的境界而描绘和抒情的，且显示出具有诗人气质的文字功力。

忘忧曲

北京/李婉莹

【你们】

我坐在明亮空旷的楼房里，四周空气裹成一个密度极大的球体，阳光渗透成密密的金色汗珠，覆在这个球体周围。从窗口向下俯视，一袭狂野强劲的风迷住双眼。睁开眼睛，眼前是漫长虚幻的人海，迅速流经城市的各个角落。不知起源，也寻不到末端。

刚刚坐在我身边眯着眼睛发呆的你，从来没见过面的你，已经形同陌路的你，你们此刻都走在这样的漫长和虚幻中。掠过眼前的只是薄薄的一个影子。

重新回到座位上，开始害怕待在这个密闭温暖的高处。

对面，然后是一百米，一条河，一座城市，最后是世界和世界的边界。这会是我和你的距离。

而我被封闭在这里，不能叫住才说了再见的你。

不能随时感受你没来由的小脾气，不能在每个晴天都请你吃最喜欢的棉花糖，不能像以前一样按时给你写信，不能说我会永远陪在你身边。

我们是被岁月标记的孤单的点，随意散落在了星球的角落。相对于角落的拥挤，有些点选择定居在角落和角落的罅隙间。

我不清楚我算不算其中之一，但我的确偏爱安静。在沉浮不定的游移中选择了不紧不慢，以自己喜欢的方式，一闪一烁，

直到死亡。不去羡慕某个位置过高的点，也不去碰撞只顾坠落的点，仅仅在罅隙的星云中旋转成一朵丝状礼花。

这样应该会被遗忘。

这样意味着另外的人会代替你的位置。把旧窗帘拆下，继续住你的房子，把房子里暖色的陶瓷杯换成高贵的玻璃杯。联系人彻底更换，阳台上的花已经送人了。

一切，完全消失。

所以感谢你现在记得我，在我消失之前我会拼命记住和你有关的一切。用情感和柔软多疑的触觉感官填充自己这个微不足道的点，防止岁月从记忆里偷走更多。被遗忘很遗憾，遗忘很可怕！忘记你们给予我的不朽的时光，我将成为等同于消失的空壳。

【一个梦】

我不知道怎么走！我不知道怎么走！天黑以后就忘记了来时的方向。我不明白你在哪里，你在哪里等我。我忘记了孤独，忘记了哭泣，变成了被人嘲笑都坚定行走的朝拜者。却依然，依然没有找到你——沐浴晨曦的白色圣殿，我日日夜夜思念的梦。

在我梦的尽头，在河流分尾的密林里，桔梗鸟的叫声越过我用手势比出的翅膀，鼓动得振振发酸。紧追我的是飒飒风声中莫名的焦躁不安，那是桉树和粗糙树干相互摩挲发出的沙哑声音，它们蹭得我心底发痒，在绝望的枝条处横生出更加疯狂的希望。

请不要让我苏醒，我想躲在梦的安静角落，请快些让我离开这个梦境。我想一个人，一个人甘心留在没有涛声的岸边听海。

你说，那海声一定是咸咸的缓缓抚过我耳边，可以让我有一天望见天亮吧？

你说，会不会瞬间面朝大海，春暖花开？

会不会在那无边蔚蓝上显出了海市蜃楼，而里面藏着我的纯白圣殿？

【飘零曲】

篮球脱离控制范围了。再次把它投向篮筐。

易拉罐滚到脚边了。扔进垃圾桶。

歌词本弄丢了。没关系，已经会唱那首歌了。

你说，那些来不及的道歉，搁浅在草稿箱里的短信，日记里的阴天雨天，说不出口的心情，它们是不是同样能到达一个属于自己的地方？

那些没有缘由的，无法告诉别人的飘散思绪，有的时候，希

望被发现。

九死还魂草，明明是指不复存在的永生记忆，生长于漂亮的神话故事。

尽管如此我还是要去虚构它的存在。

因为我的许愿瓶还空着。我们遇见时你说过的第一句话，你标记在祝福语上的每个微笑，你的鼓励以及加油，我都要把它们装进去。

燕子载着一翅忧伤南飞的时候，你刚好离开这片土地。日复一日，那些我们一起度过的明明灭灭开始模糊。甜美如年华浮动在欢笑和花瓣中，悲伤如白色扁舟在迷雾里叹息，都被缓慢刷成空白一片。剩下的是一种不知所措，一种风筝断线的慌乱。

告诉自己一定记住你给过我的时光。它们还是在忙着追逐明天，忙着感伤年华的时候，散落、飘零、走失。

不复存在的，能够永生的记忆。

虚构的果然无法实现。

我想仰起头让那忘却带来的忧伤快快流走，但我无法忘记忧伤，不能遗忘忧伤。

那是葱茏岁月里匆匆刻入我生命的唯一感觉。

【矛盾体】

也许这个世界最初是被你设计好的，善良而诚实的人们，日升日落中盘托而出的永恒，没有痛苦的日子。然而如同心里盛放了一场空旷华丽的烟花，空气中呛人的气味使得这个视觉完美的梦境开始趋于真实。

不可能每天背上画板坐在山坡上看风景，不可能让喜欢的人不去怀疑你，不可能不去经历那种不屑生长的欺骗。

你必须忍受，必须面对背叛、强迫、嘲弄，必须坚强，努力挣扎。

开始忘记害怕，忘记迷惑。只是没有犹豫向前，只是希望这个世界能还你一个最初幻想。

我的身边是关于美如斯的一切。水晶般瑰丽的天空，对面向我微笑的猫咪，眼前远方的你写给我的明信片。它们告诉我这个世界的美丽正以柔软的姿态生生不息地绽放着。

忘记黑暗，忘记泪水打过的街道。我想去相信这个世界，相信它是纯洁透明的一颗琥珀，值得我去珍惜。

【最终遗忘】

透过玻璃反光，我看见我的影子在日出的湿润雾气中从上到下慢慢消失。最后的那一点影像在我口里含着的柠檬糖融化的瞬间也完全蒸发。

会有一天，我就这样消失了。

在那之前我忘记了很多东西，

很多事物也遗忘了我。

但是因为有你，因为那些流动在生命里的忧伤以及美好，我总算没有失去什么，这个世界知道我存在过。

2

穿越时空的路命

那一抹，静谧月光

江苏/杜渐

蔚独自走在离家愈来愈远的小路上，又看似漫不经心地踢着石子，仿佛踢去那令她烦躁的思绪。月光，轻纱似的，却拂不住她内心的狂澜。

抬头看看，一弯孤月垂在天空，静、凄、凉。似乎在抱怨星星将她独自留在天上。

蔚的脑海中又止不住回想起那一幕……

那本虽不大却精致的笔记本，记录着蔚生活的一点一滴，记录着蔚内心一丝一缕的思想与情感，是她最为珍视的小世界。它正如一面镜子，时刻映照着蔚的心。

可是就在今天，这面镜子终是被打破了。

在去图书馆的路上又折回来取借阅卡的蔚悄悄走进了家门。或许爸妈还在午睡，她这样想。

蹑手蹑脚地推开房间的门，却因眼前的一幕怔住。继而，满脸通红，又是一阵苍白，仿佛自己最珍贵的东西被窃去似的。脸上写满了震惊、委屈、伤心。

是的！她最信任的妈妈此刻正捧着她的笔记本，一页页地翻看，让蔚觉得心上的防盗门正在一点一点地被撬开……妈妈脸上不时流露出复杂的神情，却依然未意识到蔚的存在。

一秒钟犹如一世纪那样漫长。

"妈！"蔚终于忍不住，急促喘息着，额头也布满了密密的汗珠。

　　妈妈一下子仿佛被电击中一般，手中的本子差点滑落下去，慌不择乱地抬头，撞上蔚严厉的质问目光，夹杂着不满与委屈。更多的，是因被打破信任而受的伤害。妈妈又连忙低下头，像个犯了错的孩子，手足无措地道："小蔚……你别误会……妈妈不是故意的……就是……刚才帮你收拾房间……碰巧就……"眼里流露出愧疚与不安……

　　蔚就那么站在那儿，一句话不说，盯着妈妈看了半天。终于，摔门而去，不顾身后妈妈急切的叫喊……

　　心里像一锅煮沸的开水，100℃的高温灼噬着蔚的心：怎么可以这样……我已经不是小孩子了，我也有属于自己的隐私啊……妈妈这样不尊重我，不考虑我的感受……我再也不要回家！越想，心越疼，很疼……

　　月光，依然悄悄流淌。

　　四周，很静很静，静得蔚只听见自己拼命跳的心脏。就那样

一点一点，撕扯着她。没有一颗星星，月亮不懂她的酸楚，只知道，静静地洒下如纱的月光……

蔚不知怎么，又走上了回家的路。应该是潜意识里，仍惦记着那个叫"家"的地方。尽管……

抬头看，灯光依然亮着，诉说着牵挂，倾吐着道歉的话。轻轻地、暖暖地，拂着蔚的心。双腿竟不听使唤了，蔚终于一步一步犹疑着回到家门口……

门开了——

迎接蔚的是妈妈红肿的双眼，一见她，又忍不住落下泪来："傻孩子，上哪儿去了……可吓死妈妈了……爸爸还在外面找你呢……今天，是妈妈不对！让你伤心了……向你道歉。"

蔚早已扭过头去，眼里有泪珠在晃，心底那道最后的防线被妈妈的泪水轻而易举地击垮——她是第一次看见，妈妈这样哭泣，这样柔弱，这样自责……

"妈妈，对不起，也没关系。"

"对不起的是我误解了您。没关系的，真的不用道歉。我相信您，永远、一辈子……"

于是，互相劝慰着，互相宽容着。两颗心，重新回到过去的贴近，没有距离。

于是，月亮也宽容了星星将她独自留在夜空的坏，想起星星陪她一起隐在天边的快乐时光，微笑了，继续静静地洒下如纱的月光。

那一抹，静谧的月光……

心灵寄语

父母同儿女之间有所沟通，就能避免不愉快的事情发生。作者娓娓道来事情的起因、进展和结果，脉络铺展清晰自然。

从文章中，读者能够了解到现今少年的心理状况。作者叙述了"我"心理转变的过程，"我"知道自己错了。文中妈妈的话有着生活的真实感。

这篇散文化的小说，让读者思考，完成的较清新、自然。

小说创作，围绕一个中心展开，叙事上就能够从容些。这篇小说呈现出亲情的温暖与可贵。

一路向北

内蒙古/杨贺圆

"天心，我一定不会放弃的。如果连实现梦想的勇气都没有，又怎么能体会到成功那一刻美妙的喜悦与感动呢！"

"好吧，那你可要付出很多啊，不许偷懒啊！""那当然了！"我看着小萝脸上单纯的喜悦，跟着她一起抬头望着蔚蓝的天空。那是2010年的夏天，中考刚刚结束。

小萝，我最知心的朋友。自从2008年某个星期六的晚上她看了快乐大本营之后，她最大的梦想就是有一天可以登上那个舞台，作为嘉宾。小萝五音不全，于是她决定要成为一名演员。当时她对我说，人的一生有时候那么一瞬间就决定了，脸上带着灿烂的笑容。但是我以为那时的她只是单纯地想想而已，每一个少年都会有明星梦吧。况且在我们这个小城镇，那个梦想是多么的遥不可及。那一年的小萝13岁，是一个文静的好学生。脸上有着灿烂的笑容。

生活依然平淡的继续着，小萝把她对梦想的坚持化为了一期不落地看快乐大本营的动力。直到她看了一部小说，她的梦想更加清晰，那就是把这部小说拍成电影，她要做主角。那是一个13岁女孩奇妙的成长故事。

那一年的我们，已是初三。

中考过后，我们升入了高中重点班，学习的压力也成倍增长，学习也越来越紧张。小萝经常望着天空默默流泪。半年很快就过去了，我们的成绩不好不坏。15岁的小萝真的害怕了，她觉得梦想离她越来越远，她真的要开始行动了。她查到了北京电影学院的招生简章，仔细看了一遍，打电话对我说："天心，你知道吗？今年北影表演系只招30名学生。而且还要求女生身高160以上。""是吗，你不已经160.5了吗？""别吵，还有考试内容安排里说还要考声乐和形体，你又不是不知道我五音不全。而且我朗诵也不是特别好。"我沉默了一下说："那你会放弃吗？"长长的沉默后，"不！我一定不会放弃的。""好，那一切都不是问题。"

有时梦想的力量真是可怕。自从那天起，小萝每天早晨4点起床，练习朗诵，然后学习。有时间就练习电影独白和表演。有时候我会觉得在我面前的是另外一个人，一个自信勇敢的人，而不是安静胆小的小萝。放学后，她认真地对我说："我不能只去想，我要努力，这样才有实现的可能。只有行动才能带走恐惧，对吧？""嗯。"

灿烂的笑容又回到了我们的脸上，我们对着天空大喊："每一天，不管用什么方式，我们都会变得越来越好！"

　　一路向北，小萝说这个歌名真好。她要一路向北，向着北方奔跑，积蓄力量，最终飞到快乐大本营的舞台上去。我相信会有那么一天的！

　　这个故事还在继续……

　　心灵寄语

　　《一路向北》，作者用一首歌的歌名作为小说的标题，比较新颖。故事有起因、经过，还有一个看似没有结果的结尾，给人留下希望和梦想。

　　小说塑造了一个为登上快乐大本营舞台而不断努力的女孩"小萝"的形象。

　　为了实现梦想，五音不全的小萝"每天早晨4点起床，练习朗诵，然后学习。有时间就练习电影独白和表演。"这些描写能够表现小萝为追求梦想而不断进取的精神，但是在情节上还缺乏更为细致的描写，需要对典型的场景和情节发展进行更为生动的描述，以使人物形象更为鲜明。

　　小说语言质朴，所要表现的主题较为鲜明，但在情节安排上显得过于平淡，缺乏矛盾与冲突。

听 雨

福建/陈诺

不知从什么时候起，我发现自己喜欢上了坐在窗前聆听雨点抚摸万物的声音。那种声音磨去了生活尖锐的棱角，给人以全新的态度来面对这个日渐无情、失色的世界。

REIN & TEARS A

仲春时分的天空显得格外多愁善感，绵密湿润的雨水便是它时常落下的眼泪。每逢春雨降临，于柠就会与我同举一柄油纸伞，很仿古地在那条被称为"谢桥"的青石板桥上散步。

今天当然不会例外。黄昏时分，泥泞的巷中娉娉婷婷地走来一位十二三岁的女孩。未等她走近，我便迎上前，靠拢她手中那柄天青色的油纸伞："于柠，我们去谢桥吗？"

"嗯，今天谢桥边开了很多花呢。"于柠的两腮各露出了一个浅浅的酒窝，她抬了抬举着油纸伞的手，示意我走进伞下的空间里。

细雨，春光，美妙而隽永的景象令我陶醉。低下头去，是融入春意的草色青葱；抬起头来，是遮挡苍穹的一片天青。于柠的每一步都走得很重，我看着她早已浸湿的布鞋边不断溅起的水花，无声莞尔。

不觉间，一弯浅灰色的拱桥出现在我和于柠面前。桥边点缀

着数种缤纷的鲜花。与古旧的拱桥相比，就如同一位耄耋老人身边的少女般，更显青春年少。雨仍在不断地下着，于柠伸出手臂接着愈发多的雨水。

"如果没有伞，我们要怎么回家啊？"我担忧地望着有增无减的雨势和袖珍油纸伞问于柠。于柠弯腰采下一朵野花，淡然地答道："那么你就站在我的影子里吧，我来做你的伞呀！"

"那你呢？"我被逗乐了。于柠俏皮地吐了吐舌头，"躲在你的影子里啊！"她说。

原来，友谊的上空，没有云雨。

我们就在"谢桥"上你一言我一语地聊着，任凭雨点渐渐稀释空气中最后一丝白昼的气息。忽然，于柠指向河畔一簇胭脂花，眼中充盈着欣喜与惊讶。她把油纸伞塞进我的手里："西冷，你先拿着。我要去摘那胭脂花——摆在我爸妈墓前一定很

美！"话音未落，她便冲进了漫无边际的雨帘中，空留我一人站在冰凉的"谢桥"上，静静地等她回来。

可我再也没有等到她举着胭脂花对我微笑的样子。于柠的名字在那个雨天变成了黑白两色。

当于柠跑到河畔时，渐浓的夜色蒙住了她明亮的双眸。她俯身抓住了那簇胭脂花，却滑向了"谢桥"下奔流的河水中。最终，她的手上仍攥着一朵胭脂花，红得像杜鹃啼出的鲜血。

于柠不会游泳，我也不会。那时，一种液体模糊了我的脸，不知是雨水还是泪水。

从那以后，我每天都去"谢桥"边站上一会儿，没有人知道我去那儿做什么——不，天堂里的于柠知道。我在"谢桥"上等着于柠呢！她说过我可以站在她的影子里的。可直到现在，于柠的影子仍未出现。

其实我懂得，阴间没有影子。

谁翻乐府凄凉曲/风也萧萧/雨也萧萧/瘦尽灯花又一宵

不知何事萦怀抱/醒也无聊/醉也无聊/梦也何曾到谢桥

——纳兰容若

RAIN & TEARS B

于柠逝后一年左右，妈妈把我接到了省城。说是和妈妈一起住办事方便，其实就是在追求省城优良的条件。于是阴雨依旧，往事不再。

没有了"谢桥"边盛开的花朵，只有了天堂里微笑的友人；没有了小巷中银铃般的笑声，只多了花园边浮华般的住宅；没有了清癯隐者，只多了纸醉金迷。

新家很漂亮，这一点我承认。但家中填得满满的新式家具是那么的表面，甚至比不上满屋的空虚的人。从我房间的窗户往下望，是车水马龙人来人往熙熙攘攘摩肩接踵。下雨时，屋中听不到一点，哪怕是一点雨声。除了妈妈和我，家中甚至没有活物。

又是一年清明雨纷纷，檐下再无葱茏草木深。今日的雨是为祭奠于柠而降。尽管不是清明，一年半以前的那个黄昏，于柠为了一簇胭脂花而融进了"谢桥"的河水中，难分难离。

"妈，今天我想回一趟A县"。吃早餐时我征求妈妈。"哦？回老家干什么？"妈妈抬了抬眼睑。我装作若无其事地看着别处："周末嘛！想回去走走——顺便想想于柠。"

得到默许后，我登上了北去的客车。

雨中的家乡还是那么迷人。可就在这里，我失去了死党。阴云把天空切割得支离破碎，雨滴均匀地落在伞上——天青色的油纸伞，发出了轻而清的响声，像木琴。

回到省城，我想我妈。妈妈是我在省城唯一的精神寄托，她在哪，家就在哪。尽管她时常加班彻夜不归，尽管她不允许我搬回A县与我小姨居住。

"妈！妈!"家中空泛地回荡着我的呼喊，餐桌上留着妈妈加班不早回的纸条。

不是第一次了，我咬紧下唇蜷在沙发上，沉默地想。其实，离家的不是妈妈，是我。妈妈就是家，是一个永恒的定点。而漂泊游离的，永不可能是家。

"谢桥"呢，离我远了；死党呢，弃我去了；港湾呢，地点变了；妈妈呢，工作忙了。

我着实纳闷，为何我的血液已被抽尽，可泪水仍在不断涌

出？是因为如今物变人亦非吗？

　　玄都观里桃千树，花落水空流。凭君莫问，清泾浊渭，去马来牛。谢公扶病，羊昙挥涕，一醉方休。古今几度，生存华屋，零落山丘。

——元好问

RAIN & TEARS C

　　妈妈的辛勤工作得到了回报，她的晋升意味着她将拥有越来越多的应酬与越来越少陪我的时间。正因深谙作为单亲妈妈的她有多么不易，我才没有对其表示不满。

　　举着于柠留下的天青色油纸伞，我走进了银灰的雨帘中。当年于柠就是这么走了，不留痕迹。"哎，同学，去断桥残雪要乘几路车啊？"有人拍了拍我的肩。我回头，是个身背吉他的男生。我不假思索地脱口而出："去雨中练琴？柳浪闻莺比断桥残雪更合适呢！"男生扶了扶眼镜道："噢，是吗？那么乘几路车

能到柳浪闻莺呢？"我指了指身旁的公共汽车站："108路。"

本没打算去哪儿，可这一番话勾起了我去西湖的欲望。于是不过几十分钟的时间，南屏晚钟就出现在了我面前。细密的雨交织着，宛若一道纱帘阻隔在我与湖水之间，深知彼此位置，却只能如永不再见一般，惋惜，失望。

我轻轻地走上长桥——传说中"十八里相送"发生的地点。雨点叩击油纸伞的声音干净利落，扬琴一样奏着民乐里的梦幻乐章。

"这就是梁山伯与祝英台相别的地方呢。"刚才问路的男生奇迹般地出现在我面前。我瞥了眼他怀抱着的吉他："弹首《梁祝》吧？"男生随意地拨了几下，瞳仁中并没有映出吉他，现出的反而是我的脸："真是巧啊，我昨夜刚练过。"他的声音就如雨声，那么令人着迷。

不一会儿，《梁祝》的主旋律响了起来。吉他独特的磁性撕扯着雨声曼妙，形成了令路人驻足的奇异音乐。我忽然想到几年前，当时大约11岁的于柠在谢桥上用二胡拉奏《蝶恋花》的场景。当时，也下着雨。

于柠现在也已去世三年了。她如果在长桥上，又会说些什么、做些什么呢？会用二胡拉《梁祝》吗？只可惜时光的断点、现实的裂纹、友谊的终结都无可弥补……

"你哭了？"男生略带惊异的话语把我扯回现实的残酷。我揉揉湿润的眼眶："没有。"

"一定是想起什么伤心事了吧？是我的错。我不该弹这么悲伤的曲子的。"男生懊恼地一撂吉他，我合起油纸伞注视着他——他的一言一行都那么像于柠："难道伤心事不是用来想的吗？"男生夺过伞，敞开后举在我的头顶："不，伤心事是用来存放的。""放在哪？"我问。

男生眨了眨了眼睛："心里。"

把于柠放在心里，酝酿成一坛甘醇的美酒？不，我不是不想忘，而是忘不掉。雨声凄凄，一如于柠生命中最后一天所降，一样的令人心痛欲碎。

男生似乎看穿了我的灵魂："没有必要在存放与忘记之间划等号。把伤心事放在心里只是为了在脑海中腾出空间，来想那些快乐的琐碎。"

我把伞推到他面前："送给你吧，我不需要了。""还下着雨啊，你要是淋病了怎么办？"男生犹疑。

"站在释怀的影子里，还会被雨淋到吗？"我盯着伞上的一片天青，笑了笑……这是于柠走后我的第一次发笑，是发自内心的畅快淋漓的笑。

雨依依，如贝多芬第九交响曲。

生存于现实与虚幻的边界，心存点滴悲情，大片阳光；散漫地坐在子夜阳台上，谛听春雨淅淅沥沥的声响，迷茫地在十字路口仰望，全然不知下一步走向何方。雁过无痕，那些逝去的光芒。

在这篇文章，友人于柠的离去，让"我"难过，让"我"难以忘却和她在一起的时光。于柠是在下雨的日子离开，文中的描述夹杂着诗意的叙述，让读者自然地产生退想。

文章第二部分交代了于柠为了能摘到那朵胭脂花逝去的原因。"我"和于柠间的对话透露出少女间的默契。

文章第二部分，作者写道"妈妈在哪，家就在哪"，文中流露出对妈妈和家的依恋。"我"还是牵挂着老家。

文章第三部分，"我"在雨中偶遇一背吉他的男生，发现他有些像于柠，男生的一番话很有些道理。"我"释然了。

这是篇诗意化的小说，作者较好地把握住叙事节奏，营造出特有的氛围。作者流露出的情感是含蓄的，也是真切的。

强盗与小偷

四川/陈超

有一天，杰克走在路上，手里拿着一小瓶药水。当他穿过一条背街的小胡同时，一个人挡住了他的去路。这人，面色黝黑，长着络腮胡子，一脸凶光。突然又冷不丁的从衣服下面掣出一把长颈刀，显得格外骇人。

"兄弟，我不想杀人，快把钱都拿出来！不然我可要做我不想做的事了！"这个强盗的语气毫无商量的余地。杰克环顾四周，发现只有自己和他两个人，又看看自己的小身板，遂打消了"狭路相逢勇者胜"的念头。杰克握了握手中的药水，脸上堆起了笑容。

"大哥，别冲动！别冲动！我们可是同行啊！""你他妈的别废话！管你是不是同行的，我现在手里有家伙，你现在就是孙子！"强盗似乎缺钱到急眼了。"大哥，我跟你实说吧，我是个小偷。干这行七八年了，如今正看上了一家，准备去干一票大的。大哥你抢我身上这点零钱还不如跟我一起，咱们五五分。哦，不！咱们六四分，你六、我四，行不？"

"哦？那你这一票有多少？"

"少说也得两百多万吧！这就是我们小偷和你们强盗的区别。咱们干的都是在别人兜里拿钱的活，你们就是次次走刀尖，可我们不知不觉的就能成，而且还没你们招人恨。您说是不是这

么个理儿？"

"嗯，你说的是啊！那行！我跟你去干，你带路。"

"得嘞！走吧。"

杰克带着强盗到了一间很简陋的小别墅中。

"就这个？"强盗有一些怀疑。

"呵，低调的奢华才最有钱呢！"

"……行。"

两人一同进入了这个小别墅中。果然，屋中有很多精美的艺术品。强盗惊呆了，真没想到啊！当自己拿着尖刀、对着路人索要兜里那几个钱儿的危险时刻，这些小偷却一票挣够了自己一年的收入啊！

"或许，我该改行了……"强盗考虑到。"啊！"强盗突然一阵剧痛，回头一看，糟糕！是一条五步毒蛇！"杰克！杰克！伙计！快过来，这有蛇咬我！"

"哈哈，我可怜的大哥，谁让你跟我进入了我的这间毒蛇研究所呢！我可是一名养蛇专家哦！目前，只有我手中刚配置的药

水能救你命哦！"杰克手中挽着一条巨蟒笑着从卧室走出来。

"混蛋，快给我解药！"强盗大吼。"我当然会给解药，不过是在警察到来之后哦！"杰克笑着说。

当然，强盗被抓住了。汤姆警官握着杰克的手说到："谢谢你呀！杰克教授，你不仅用毒蛇守护了你的财富，而且他还是您替我们捉住的第十二个小偷了！"

"哪里，哪里，我还是捉住了十一个小偷不变。因为他——是个拿尖刀拦路的强盗……"

心灵寄语

小小说《强盗与小偷》，故事情节不复杂，杰克在穿过一条背街的小胡同时被一强盗挡住去路，之后发生的故事，很有些戏剧性，强盗跟随杰克进入的简陋别墅竟然是杰克的住处。

这篇小说具有反讽意味，小说中的主人公杰克了解强盗的心理，他把自己装扮成小偷，以使强盗进入他设置的圈套。

这篇小说注重对话描写，富有生活气息。文章内容上，显示出杰克的智慧和精明。小说第一段的交代就埋下了伏笔。

穿越时空的奇迹

浙江/陈晓雪

憋了一个下午，终于放学了。"学校的伙食也太差了吧！猪蹄上有毛，青菜没有熟，土豆是苦的。"我埋头抱怨，捂着肚子走出了校门。刚抬头，我大叫："妈呀！"我用力掐了一下自己的手臂，"哎哟，疼啊！这，这是真的，这大街上的人怎么都奇装异服的啊？"

走在大街上，大家都用眼睛的余光瞥我。那眼神，就差用手中刚买的青菜砸我了。我心里嘀咕着："有必要用这种眼神看我吗？"放眼一望，终于看到同龄人了。我用手一拽，他就被我扯着衣服拉过来了。"兄弟，请问这是？"他用鄙夷的眼光看着我，用两根手指抓起我的手，放在空中，用力往下一扔，说："别碰坏了我的新衣裳，你是外乡人吧！这里是鲁国。"说完，便甩甩袖子大摇大摆地走了。鲁国？我还没怎么反应过来，就先闻到了香味。"哇！好香啊！豆沙包？不对，是莲蓉包？不对不对，是豆沙包。"我顺着香味走着。大街上人来人往，最显眼的便是包子铺，摸了摸口袋，只有一元钱。无奈，站在街角纠结了一会儿，吐了一口气："算了，就当一次'小偷'吧！人总有身不由己的时候。"我偷偷溜到一打蒸笼后面，把手偷偷地伸进了蒸笼里。刚转过身来。"砰——""哎哟！"我被打倒在地，刚拿起的包子飞到了千里之外。回神一看，小二凶神恶煞地瞪着我，他正往我这儿挪动着脚步。我慢慢后退，当退到了角落的时候，只听见他大喊一声："呀！"我双手抱紧脑袋。一秒，两秒，三秒，还是没有挨到打。我放手一看，原来是有人来救命了。看上去一副柔弱的书生样，见他向我这儿看了几眼，微微笑，又给了小二几个钱。呼，我应该是没事了吧！刚站起来，那书生已经站到我面前了。我又吓得一屁股坐到了地上，心里佩服道：这么牛的漂移。佩服，真是深藏不露啊！他把我拉起来，说："兄弟，吾乃……"说完，我就跟在他后面屁颠屁颠地走着，我在脑海里努力回忆着，鲁国有什么名人。"我……啊！孔子！"我像是发现新大陆一样激动，我央求他带我去看孔子。他没说什么，只是一小步一小步地走着。唉！书生就是书生，平时大大咧咧的我跟在他后面，真费劲。

走进一个院子，便被那随之而来的书卷气而感染。我往里面一探，有个老爷爷，闭着眼睛，胡子一撮，就算不说话，他所散发出来的也是一种让人忘记任何烦恼的感觉。看得出，他是一个很和蔼的人。"子路，把人带来了吗？"那默不作声的老爷爷终于开口了。我张大了嘴巴，一脸的疑惑。只见把我带来的人说："是，师父。"那老爷爷睁开了眼盯着我，打量着我，许久后说："小朋友，为什么要偷别人的包子？"我也盯着他的眼睛，说："我饿了，再说只是一个包子而已。"他笑着对我说："勿以恶小而为之，勿以善小而不为。"我说："这是孔子说的。你知道？莫非你认识孔子，带我去见见他吧！我想让他教我文言文。"他皱了皱眉头，微笑着说："你不是饿了吗？先吃吧，民以食为天。""吃？"一听到吃，我便把孔子和文言文抛到了脑后。但是，貌似不是孔子说的，不管了。

吃着吃着，我便听到桌椅倾倒的声音。我躲到门后，看见有人在跟他挑衅，看样子，很猖狂。而老爷爷还是微笑待人，用"子曰"回答着他的每句话。等他们闹完了之后，我便冲了出来，地上一片狼藉，我愤愤不平地说："他对你这么坏，你刚刚还热脸贴冷屁股？为什么不还击啊？"他笑笑说："还热脸贴冷屁股？呵呵，有朋自远方来？更何况，来者是客。"这才想起来，我要找孔子。便又央求着他带我去找孔子。他说："孩子，你会见到他的，把我接下来跟你讲的记住，你不是说要他教你文言文吗？"说完，我便开始跟他"子曰子曰……"

不知何时，我睡着了。醒了奇怪，我怎么在电影院啊？"我刚刚不是在鲁国吗？"我迷迷糊糊地说着。妈妈笑着说："没想到，看了《孔子》，你就'入戏'啦！"我看着银幕，惊讶地站起来："对！就是他。他就是教我的那人，他就是救我的人，他就是……他就是孔子！"后排的观众看了看我。我尴尬地坐下来。我努力使自己想起些什么。可是……

这时，我听见了"子曰：有朋自远方来，不亦乐乎"。对，他就是——孔子。

心灵寄语

这是幻想小说，也是一个梦境，写得很真实。确实在很多时候，我们在看书的时候，脑子里会有许多联想，甚至会做一些有关的梦。作者的梦境确实就是这样的，而且在梦境里你会感觉很神奇。

其实这个梦境故事可以拉长拉远拉得更广阔一些。比如鲁国的风俗人情，孔子与"我"更多的交往，还可以写得更深入，更具体一些，让故事更加丰富多彩，充满传奇。

可以结合论语，还有孔子的学说来写，也可以结合"我"作为现代人对论语，对孔子的理解来写，这篇文章会更有意义。

幻

江苏/武歌哲

他就着水吃下药，匆匆下楼。

两边高楼林立，他有点晕，不过心想，小病无碍。

他只是觉得，上班迟到会扣工资。对于他这样普通的只有微薄薪水的上班族来说，迟到不得。

走出小巷，走进大繁华，车站就在不远处。

眼前有些恍惚。

森林包围住他，转了几圈仍然走不出去。他感受到风的凛冽，又闻到了不可名状的树叶或是草的味道。

此时挤在人群中，汗流浃背，刚好公交车驶来，他迅速被人群挤入空调车中，味道不一样了。

时间一分一秒地过，他焦急地沿着直线希望走出森林，然后似乎又回到原点。

到站了，下车了，还有几分钟，他连跑带走奔向公司。这里离市中心较远，人烟稀少，空气也不好。

他认为自己在森林里一刻也呆不下去，但是当他真正站在那，感受到无比的轻松，悠闲，自由自在，无拘无束。他像是想起了无忧无虑的童年，听到了欢快的笑声，脸上掠过一丝笑意，悠然见南山。

他站在电梯口看到楼层数迟迟不动，决定再不等电梯，而改走楼梯。

推开大门，进入公司，看了下手机，时间刚好够。但在刷卡机前，时间已过。

森林不再昏暗，光亮正在一点一点显现。他没有动，而树木在轰鸣的机器声中成片地倒下，尘土掩盖了光明，他迷了眼睛。

南山，远处的山，不是他要的那种味道。

一个领导从旁边走过，看了看，没有说什么。

他有些颓然，而又不得不去工作。

人生也走过了几十年，他想，结婚生子，事业有成，到现在一个都没能完成，该怎么办呢？

在同一时刻，很多人也在想着同一个问题，我该怎么办？

而地球如果能思考，或许也会这么想。

工作是辛苦的，然而每个人都如同一个行星，按照自己设

计的轨道运行，有时也会影响他人。为什么在思考我该怎么办的时候没有想想我们该怎么办？既然他要结婚生子，就要为以后的家庭想想，既然要事业有成，就要为事业想想，就要考虑身边的人。其实，为他人考虑，也是为自己考虑。

可惜的是，他很累，想到自己的未来就更累了，无暇往下思考。

一天工作下来，回到家实在是坚持不住，浑身无力，就去了医院，晚上在那挂盐水。

他给领导打了一个电话，生病在医院挂盐水，明天可能就不来了。领导由于发了薪水而不舒服，听到这个消息，勉强应允。

这回他终于可以停下来，休息一下，仰望星空。

森林不再。

那明天去不去呢？

❀心灵寄语

借鉴与创作，对增强文章的艺术性和写作能力是有益的。灵活地借鉴与自己要表达的思想内容相适的作品，能提高表现手法的运用能力。

小说《幻》委婉、自然，作者叙述了主人公一天的经历，乘公交车、到公司、去医院，文中省略了具体描写，较注重于他的心理。文章夹叙夹议，梦幻与现实融合妥帖，较有可读性。

这篇小说也充分显示出武敬哲同学的写作潜力。

村上春树的小说，轻描淡写的日常生活片段唤起的生活气氛令我们有所共鸣。小说《幻》的叙事风格显然受其影响。

献给爱丽丝

浙江/钱丽形

贝多芬的《献给爱丽丝》温柔亲切，像是和亲密友人的低语。那个美丽活泼的少女，像燕子一样飞进了我的心里。

因为总是觉得爱丽丝是个极美的名字，所以想用它来代称你——夕琳。

1. 我以后可不可以和你一起走

高一第一天开学，我一个人坐在位置上看书，旁边是个空位。周围有稀疏的吵闹声，可是我大致环顾四周，大部分座位成双成对，却找不到一张熟悉的脸。

一个人也不知过了多久，耳畔传来女生轻轻的声音："这里有人吗？"

我抬头，娇小清秀的女生，微微侧着身子，快要齐肩的头发右侧垂了下来。"没人。"我回答她。于是她便坐下了。我接着低头看自己的书，却不由得暗暗注意起旁边的女生来。她也是一个人吧。

后来排座位的时候，我们在教室外面排队。我就排在那女生后面，刚好我是第偶数个。排好以后，班主任说，你们想换的可以换一下。我不想换，更何况我也没有可以换的人，旁边的女生转过头来问我："我们就不换了吧？"我点点头。于是从那时开

始，从暂时的同桌变成了几乎一年的同桌。左手边，一个我信赖的人。

第一次很仔细的观察她还是在晚上自我介绍的时候，她上台说了她的名字，田夕琳。她说她最大的特点就是眼睛比较大，初中班主任第一次见到她的时候就这么对她说。

别说，刚开始还真没注意。她下来以后，我才发现她真是有双水灵灵的大眼睛。大眼睛的女生总是很漂亮，最出名的应该是《还珠格格》里的赵薇，会说话的大眼睛让人简直不得不爱。夕琳也很漂亮，我在她旁边有时还会自卑一下。

那天晚上，她靠过来，对我说："那个……我以后能不能和你一起走？比如吃饭啊，体育课，都一起走。我在这里一个认识的人都没有……"她的样子让我有种很想保护她的冲动，虽然那时候我也和她一样，初来乍到，一个人。我很快就答应了。

2. 你会等我

两个完全不熟悉情况的女生，在新的学校一起开始新的生活。

和夕琳在一起久了，愈发觉得她真是一个天真无邪的女孩。从跳蚤市场里抱回一只毛绒小熊就开心得不得了；桌上摊着一大堆礼品，她最想要的竟是一根棒棒糖。有时候也会秘密地对我说，她觉得走在前面的那个穿黑衣服的男生很帅。和夕琳在一起，我总是觉得生活充满了简单的快乐。

高一有电脑课，而我们一脱离大部队，总是要差不多上课铃响才能赶到教室。

偏偏我们又都是对电脑很不在行的。我还好，旁边的女生

对老师讲的知识基本上一听就懂，做题速度也很快。加上她的帮忙，我还可以勉强在下课铃响前后把作业上交。夕琳就有些麻烦了，因为她旁边坐着的，是连顾自己都差点水准的我。

下课铃响，别的上交完作业的同学都一下子走了。过了两三分钟后，教室里就剩下我和夕琳，还有电脑老师和另外的两个同样没完成作业的同学。

"你们这里快好了吧？"电脑老师走过来问我们。

"嗯！"我底气不足地应了一声。

夕琳急得不行，我凭着刚才的印象帮她找方法。

"要来不及了……"

"没关系的。还有最后一题。快了。"

"这里是按这个键的吧？"

"嗯，好像我刚才也是这样的。"我回头看了一下，那两个同学中已经有一个回去了。

"OK了，哎，别忘保存！"

我们匆匆忙忙走，放好凳子，走到电脑教室门口，靠着门把鞋套脱掉。

"你竟然还会等我。"夕琳喘了一口气，很惊喜地对我说。

我只是笑了笑。课前预备铃开始响了，我们赶紧跑回教室。

我没有想到她会对我说这样的话。多久以后我才知道，我是愿意等她的，就像她也陪着我走过一段我觉得有些艰难的路程。

3. 800米的担心

我最怕的考试就是800米测试，一步步走向起跑线，还有冷风吹着，就像赴刑场一样。站在起跑线上，我觉得我快要不能呼吸了。到最后，我在第二圈的第一个转弯处，看着前几名同学已经开始冲刺了，我落在了最后，又挣扎，又无助，这些经历想起来就害怕。

因为我们班是最后几个考的，前面几个班有消息传来说可以有选择的，800米或十二分钟跑四圈。我和夕琳在一听到这个消息后就先达成了选后者的共识，班里有些同学还用计算器在算哪个比较合算。

考试之前，老师怂恿我们跑800米，还把十二分钟跑四圈改成了十二分钟跑五圈。犹豫了一阵后，800米起跑线上，一组排了一层多，原本还打算跑十二分钟的看这阵势也跟上去了。

"我们跑十二分钟啊。"

夕琳很坚决地点点头，其实她比我的情况要好很多。她只是害怕站在起跑线上而不是不愿跑。

在所有人都考完800米后，我们开始跑十二分钟五圈，我在里面一些。

第一圈我们甚至忘记了计时，慢慢跑，还没有很累。在第二圈的转弯上，老师喊"三分钟"。这样算起来，我们要以跑第一圈的速度跑完五圈。"就这样跑好了！"夕琳对我说。

第二圈勉强过了。第三圈，真是有些累。可是才跑了两圈多啊，6分钟已经过去了！我们决定谈些开心的事来转移注意力，我第一个问题就让夕琳有些无语："暑假有什么计划？"要知道，那时候离暑假还有一个半月呢！

然后我们又谈了生活中发生的一些有趣的事。夕琳的快乐总

是很简单，她讲故事的时候偶尔会笑出声来，那双大眼睛里充满着一个女生的美好世界。我们从第三圈讲到第四圈，可我还是觉得累到不行。夕琳鼓励我："还有最后一圈了，说什么也要跑到的。"

空旷的操场没有多少人，男生都打篮球去了，女生在主席台后面休息或是打羽毛球，还有几个走出来朝我们喊"加油"。我想要是只有我一个人，我是绝对不会去跑十二分钟的。可是旁边有夕琳啊，两个人一起受别人瞩目，那就没什么了。风呼呼地吹着，我们跑最后一圈，慢得已经和走一个级别了。看着那终点的白线，我一步步和它靠近，然后一大步跨过了它，感觉有一瞬间的沉重，然后是无限的放松。5圈！2000米呐！我们已经跑完了。

我们在操场上又走了两圈，我掩饰不住内心的自豪，手一挥，指着操场说："其实操场也挺小的嘛！"

回教室的路上，我低头还想着刚才的5圈："我真觉得高一遇见你啊！不是我矫情，真是我的幸运。"没有一个人和我一起跑过5圈，没有一个人准备和我一起不及格，没有一个人在意我站在800米起跑线上一阵寒冷，一阵空虚的心情。

"你笑了！"夕琳用她那双大眼睛看着我说，眼里满是荡漾的笑意。

笑了吗？连我自己都没有意识到。

她拉拉我的衣袖，又顿了顿，像一副准备说一个大秘密的样子，笑着："我感觉我们已经一起经历过生死了。"

两个人，一起。

4.只有你会听我讲心情

心情不好的时候，无聊空虚的时候，我会找夕琳聊。有时候在座位上，有时候两人一起走出去，靠着扶栏。大部分时候她听，我讲。

在周围一片理科生做题速度像火箭一样的位置上，我真的不明白相同时间里别人做完一张试卷，我才做了半张试卷。可是错误率还比他要多，那些心情，只会和夕琳讲。在竞争的压力下，我要把自己伪装得很强大。可是，在夕琳面前，我可以掉眼泪。

"我觉得我真的快要挡不住了，一个午自修做了8道选择题，还有3道是错的……"

"那怎么办啊……你还是坚决要读理科的人……"夕琳一脸的焦急，眼里满是爱莫能助的无奈，眉头都皱起来了。

"我真的觉得自己快要哭出来了……"可是，在别人面前，是不能哭的。

"我觉得你理科很好的嘛……"夕琳总是这样安慰我，"像我不懂的题目，都是来问你的。"

"我也是别人那里问来的啊。"苦笑，可那样子会比哭还难看吧。

"那总要慢慢来的……"夕琳就像我的第二道竞争免疫防线，吞噬掉我焦躁不安的情绪。

我看着她的大眼睛，点头。外面清凉的风吹淡了呆在教室里压抑的感受。

这样的情节，即便是我到了理科班，夕琳去了文科班，还是一样，只是聊天换了班级。有时候我早上醒来，想起昨晚那个不好的梦，就会一大清早去找她，甚至有时候没有什么事都会习惯

去找她。我们总是靠着她们班外面的扶栏，她们班后面是一个空教室，无人的地方，准确说人少的地方，会更合适讲那些不会有人在意的害怕、逃避、无助、委屈。也许人不应该奢望有谁明白自己，除非遇到了极好的人。

有一次，晚读还早，堆着作业却没有做下去的心情，我去找夕琳，没有什么要说的事，就是不知不觉走向了她那个方向。

我们每次待的位置都差不多，靠扶栏，面对面，我正对太阳落下的方向。

"其实我也不知道要和你讲什么，只是想和你聊。"

夕琳被我弄得有些崩溃，然后像想起了什么："哦，你知不知道，下礼拜要降温了。"

还真的不知道，毕竟，那个时刻的阳光还是把我照得很暖。

然后我们又谈到了大学。

"上礼拜我们班队课，班主任给我们放了很多大学的照片。问我们心里想读哪个大学。"

她眼里闪着光，可是，未来真是有些无法揣摩的。

"那你想读哪个大学？"我心里突然涌起了一种期待。

"我也不知道啊……"夕琳理了理头发，"我爸妈也一直对这些有关注，可能是宁波大学吧！也有可能诺丁汉大学，也在宁波那边的。"

"哦，我知道。"我听说过诺丁汉大学的，有个认识的姐姐就在那里读，"好像是偏文的。"

"对啊！出国比较方便，而且宁波那边……"夕琳顿了顿，"也有亲戚。"

心里有些失望，我总是盼望着走更远，去北方。在那些人才济济、华丽盛大的地方，我可以变得很渺小，没有来头，没有亲戚，却把未来勾勒得很大。

如果我一个人，在大学第一天，还会不会有一个清秀娇小的女生，轻轻地问我："这里有人吗？"还会不会有一个女生，填充生活中最简单的快乐？还会不会有一个女生，从那一天开始，陪我走过一段我觉得有些艰难的道路？

"有确切的目标，这样真好。"

"可是，那两所大学，分数差得有点多……"夕琳显得有些不大自信，"宁波大学的分数要高出……很多……"

"那双保险嘛。"我很放心地对夕琳说，"考得好的话就去宁波大学，万一有些失手，那就读诺丁汉好了。"

我不知道我这样的想法是不是太过简单。可是，对于夕琳，我怀着深深的祝福，希望她考到那里。我多不想这样，可是，对于她，宁波是多么适合啊！不用走得太远，又有亲戚照顾。她是个需要保护的女孩子，从第一次见到她我就这样认为。

5.献给爱丽丝

贝多芬的《献给爱丽丝》温柔亲切，像是和亲密友人的低语。可惜那个活泼美丽的少女，终究没有陪在他身边。

可是，我依然觉得爱丽丝是个极美的名字，依然想用它来代称你——夕琳。

心灵寄语

钱雨彤的小说《献给爱丽丝》，是借用贝多芬的《献给爱丽丝》来书写和同桌夕琳的成长和友谊的。

作者之所以这样写，是因为贝多芬的《献给爱丽丝》温柔亲切，像是和亲密友人的低语，那个美丽活泼的少女像燕子一样飞进作者的心里；又因爱丽丝是个极美的名字，所以用它来代替称夕琳为爱丽丝。这就把这篇小说提升到美的境界来抒写，来描绘"我"与夕琳这位新同桌一起学习和成长的生命历程。

文中只不过是一起学习，上学下学一起走，你等我，我等你，一起聊天，并谈分班文理科和考哪个大学的事。

但由于作者的文字叙述能力强，语言情感的魅力富有诗意，使得这篇小说像亲密友人的低语，一起学习，一起上下学，一起聊天，共同谈理想、谈志愿。

夕琳的一双大眼睛，成为夕琳形象的一大特征，作者写夕琳时，总要画她的眼睛。

没有深的语言功力的作者是写不好这样看似一般却满含深情的小说的。

行到水穷处

陕西/王安忆佳

枯叶打着旋儿，落寞地离开了树。

叶子的离去，是风的追求，还是树的不挽留？走出阿斯顿英语培训班的教室，我弯下腰，轻轻地拾起一枚银杏叶子。叶子的柄已经有些腐败了，可叶片依然丰润，杏黄中还隐隐残留着一丝不舍的绿意。"生命就这样没了？"我轻轻叹口气，来不及吃午饭，赶紧追上巴士赶去奥数班上课。

我叫王安忆佳，一个啰嗦而奇怪的名字。背着这个与生俱来的名字，我常常成为奥数班、英语班那些同学嘲笑的对象。

"你长得丑不是你的错，可你成天背着一个丑陋的名字出来混，这就是你的不是了！"

想到这里，我的泪水再一次不争气地滚了出来，一直滴到这枚枯黄的银杏叶子上。

巴士上挤满了乘客，很多人在喧哗。车到下一站，身边有人下车，我赶紧坐下。今天是周六，本该休息、玩耍的，我却在好几个培训班之间疲于奔命。时间总是很紧，课程常常撞车，为了不耽误下一堂课，往往不等这一堂课结束，就早退转场。这样马不停蹄的赶场，我确实招架不住了。"再坚持两个月吧，就俩月！求你了，小祖宗！""小升初，想上名校，奥数、英语不过关就免谈！就算你塞个三万五万的，也没用……何况咱家也没那

个钱！"我感觉好累，闭上眼，可脑海里反复映现的都是父母大人说这话的音影。

"小姑娘，到了！下车吧！"突然，一个震耳欲聋的声音传来。

我赶紧睁开眼睛，发现自己正坐在一架牛车上，而坐在前面驾辕的则是一位长髯飘飘的老翁。

"这是什么地方？！"我大吃一惊。

"这是辋川。"

"辋川？"

"可不是吗，小姑娘，你刚才不是说你从长安来，要去辋川的吗？"

"长安？"我这才注意到自己和老翁穿的都是唐装，"我怎么到这儿来了？"

"既来之，则安之。来，下车吧……唔，小心点！石子路，不要崴了脚。"老翁先下了车，然后过来和蔼地扶我下车。

"哦，那……请问您怎么称呼？"

"老夫姓王，字摩诘。"

"啊！先生原来是诗佛王维！"

"王维没错，但诗佛……说的是鄙人么？"

"是的！是的！诗佛是您死后人们对您的尊称，您不知道吗？"我随口接话，说完之后才意识到自己说的既不合理，也不合礼。

"小姑娘叫什么名字？"

"我叫……王安忆佳。"我有点羞于启齿，下意识地顿了顿，然后才轻声说道。

"很好听、很诗意的一个名字嘛！"没想到诗人大加夸赞，"来来来，忆佳小姐，请到鄙人的茅舍小坐。"

走过一段石径，已是竹篱四围，绿竹婆娑，三两栋茅屋掩映其间。

坐定。

"这里是鄙人的辋川别院，终日吟诗作画之地。不知小姑娘有何喜好？"

"我没有爱好，我只会学习。"

"唔，学习。你最喜欢什么课？"

"音乐、体育，很好玩的。"

"最讨厌什么课？"

"奥数！"

"奥数？这是什么课程？没听说过。"

"就是智力数学啦，给您讲您也不明白的。"

"你为何讨厌？"

"反正就是不喜欢。"

"那又为何要学？"

"要考重点中学啊！地球人都知道，你却不知道，你真OUT！"

"学奥数有啥用呢？"

"我不知道，反正听大人们讲，主要只是为了应付考试，上个好学校，别的没啥用。"

"没有办法不学吗？"

"也可以不学，那么想上重点初中就得走后门。塞钱，塞钱还得偷偷的，跟做贼一样……"

"没人管吗？"

"有，但只是装腔作势。培训班照样办，中学录取新生照样偷偷考奥数。"

"看来是有利益链条……"诗人脸色慢慢阴沉下来。"唉，老鼠过街人人喊打的一件事，大家却又趋之若鹜。老朽不解，不解啊！"

"不是您不明白，是这世界变化快！"

"好吧，既如此，那咱干脆就不理也罢，小姑娘，且随老朽来吟诗作画！"

"好啊好啊！早就听说您是诗中有画，画中有诗！不过，要说做诗，我可不敢当。"

"功夫在诗外。你们整天都坐在教室里，怎么可能写得出好诗来？"

只见诗人慢慢展开宣纸，提笔蘸墨，然后遥望门外山川。正好有个打柴的樵夫路过，诗人随即笔走龙蛇，一气呵成：

中岁颇好道，晚家南山陲。

兴来美独往，胜事空自知。

行到水穷处，坐看云起时。

偶然值林叟，谈笑无还期。

"至于题目呢，干脆就叫……《终南别业》吧！"诗人喃喃说道。

"好诗啊，先生！其余各句都好理解，唯独'行到水穷处，坐看云起时'不知怎么理解？"

"这两句表面上是在写景，其实更在抒情说理：人生在世，无论感情、事业、学问，有时看似山穷水尽疑无路，其实也许正蕴藏着柳暗花明的转机。所以，切莫灰心绝望。不抛弃，不放

弃,总有云开雾散的时候……"

"小姑娘,你该下车了!"突然一声喊。我一个激灵,睁开眼,向窗外一望。啊!前来参加奥数培训的几个同学已经簇拥在楼下了。我慌不迭地冲下巴士。唉,好一个白日梦啊!

心灵寄语

一读到这篇作品,我感到少年满怀的忧伤心事,那么的真实。落叶飘飞,身不由己,而"我"则赶着一个又一个学习班,忙碌而不停息。一个受人讥笑的名字,更让"我"充满着压抑和抱怨。

升学的问题是现实的、无奈的,无法逃避。但作者并不是牢骚满腹,不是叹气哀怨,而是轻轻地宕开一笔,写自己在喧闹的巴士中,闭上眼睛,寻找一片宁静而自由的天地,悄悄与诗佛王维在冥冥之中邂逅,寻找内心的安慰。于是有了自然的感悟。

学业沉重,是无法卸载的,是一种负担,是为自己的前程铺路的。吃得苦中苦,方成人上人。这样想着,就契合了王维的那句诗:"行到水穷处,坐看云起时",走过去,前面是个天,还有一个值得向往的地方,这是一个好心境。

这样从被动到自觉,从片刻中得到的慰藉,也是快乐的源泉。什么是生活,什么是责任,我想,作者已经明白了其中的精神和奥妙了。

本文的构思比较新颖独特,让人感到一些内心的共鸣。

你是寒冬里的一轮暖阳

安徽/王泽胤

如果你拥有亲情，就没有寒冷的冬天……

——题记

一

不知怎的，今年的冬天似乎特别的冷，冷到街边都没有见钱眼开的早点摊了。我是一家小餐厅的服务员，每天必须准点上班，误了一笔生意，就会"吃"了我一个月的工资。

正午12点的钟声响了起来，餐厅陆陆续续进来了很多客人。有满脸赔笑的下属和趾高气扬的上司，有幽默的老爷爷，有可爱的小宝宝，有胖得不能再胖的大婶……但是，这些都没能引起我的兴趣，吸引我目光的是一位和蔼的老奶奶和她身边的小男孩。

二

奶奶招呼着我过来。

"小伙子，牛肉面多少钱一碗？""四十元一碗。"我依旧保持僵着不动的微笑回答。"哦。"老奶奶从衣服里面的口袋里拿出一个用红手绢包裹着的钱袋子，数了数，大约五十元。

"喏，来一碗！"老奶奶拿出钱递给我。片刻，老奶奶

把牛肉面推向小男孩："快吃吧！""奶奶，您真的吃过了吗？""那当然！"老奶奶拿出一根胡萝卜边啃边说。"那我就不客气了！呼呼呼！"小男孩咽了咽口水，就狼吞虎咽了起来。

看见这一幕，我突然很感动。

这时，老板娘走到老奶奶的身旁："恭喜您啊！老太太，您是我们今天第一百个客人，所以您可以免费得到一碗牛肉面。"说完便吩咐我去拿，看来老板一家人挺不错的呢！其实之前根本就没有九十九个客人。

看着老奶奶和小男孩一起吃着面，很温暖的样子。香香的味道弥漫开来，甜甜的，带着柠檬酸的味道。

三

几天后。

我正在端菜，却发现那天的小男孩在对面数着什么。

"老板，你看那天的小男孩，在干什么啊？"

老板不看不知道，一看吓一跳。原来小男孩在对面地上画了一个圈子，餐厅每来一个客人，小男孩就向里面扔一个小石子。可中午时间快完了，圈子里才有五十几颗石子。这把老板急坏了，电话一个一个的打出去——

"A吗？今天来吃饭，我请客啊！"

"B吗？今天来吃饭，我请客啊！"

……

就这样，客人逐渐多了起来。小男孩扔石子的速度越来越快，当第99个石子落地时，小男孩匆匆拉着奶奶的手进了餐厅。

"奶奶，今天我请客哦！"小男孩自豪地说。

小男孩说完，拿起一根胡萝卜啃起来。老奶奶见状，欣慰地笑了。

"真的不要给你留一点吗？"

"不用。你看，我吃得很饱哩！"说完，小男孩拍拍肚皮。

老板娘问老板："要不要送小家伙一碗啊？"

"不用了，他现在正在学习不吃饭也会饱的道理呢！"

四

冬日的一缕阳光照在我的脸上，使我觉得温暖异常，还带着暖暖的香香的味道呢。这也许就是亲情——天底下最宝贵的东西吧。尽管小男孩"请客"请得有些投机，但就是那"拍肚皮"的夸张动作，也足以让人的心灵震撼。真的，那真纯而简朴

的愿望所浓缩的亲情，不就是冬日的一轮暖阳吗？

当你身处亲情的包围之中，不仅是冬天，且一生都不会感到寒冷……

心灵寄语

读完《你是寒冬里的一轮暖阳》这篇小说，心中不禁油然而生一缕感动。这篇小说构思巧妙，富有蕴意和教育意义。

小说的第一部分，开头具有欲扬先抑的作用，作者为了说明"冷"用"冷到街边都没有见钱眼开的早点摊了"，富有幽默感的冷笔触给人一种很容易联想的现实感。作者以第一人称"我"来说明自己的身份和处境。第二段的自嘲之语，给人一种悬念感。言外之意，餐厅老板对员工比较苛刻，为下文情节展埋下伏笔。

小说第二部分，老奶奶把牛肉面让给小男孩吃，这一场景很感人。老太太自己吃胡萝卜这一情节，在令人感动之余，突然笔锋一转，老板娘居然撒了一个善意的谎言，一扫老板给人苛刻、抠门的印象。

小说第三部分，小男孩为了让奶奶吃到免费的牛肉面，竟把老板娘的谎言当成事实。作者将小男孩扔石子这一细节描述得很生动，体现了祖孙二人暖暖的亲情。而老板的睿智、善良，此时对小男孩来说，老板和老板娘也是寒冬的一轮暖阳。

作者在叙述中，亲情与友善化作暖阳在传递着。这种令人心动的情感，则是这篇小说所要表达的深刻主题。

3

心口上的秋千

橙 夏

福建/黄婧祺

橙

那年冬天，画室里的老师提议道："大家每人设计一面心中的旗吧！"

"旗？"苏有些茫然地望着桌上那张空白的纸。

"设计什么样的旗才会别具一格？"苏微微皱着眉，咬着笔杆，"画什么在旗上好呢？星星？音符？翅膀？花朵……"

苏瞟了瞟邻座的女孩。

她是新来的，有一头干净的长发，扎成马尾束在脑后，和很多女孩一样，一排齐齐的刘海遮住了眉。不算丑，也不算好看。相貌极其平凡的一个女孩。

她正往画纸上抹着一大片一大片的橙色。那种橙色，给人很明媚很温暖的感觉。可是，那不过是单纯的一片橙色，没有任何的修饰，仅仅是一片望不到边的橙色。

"唔……这就是她设计的旗么……"苏有些不屑地撇撇嘴，"不过是一片橙色而已。太单调，太无味。"

苏想了很久，还是没有灵感，只好随意地在纸上涂涂抹抹。画上几个音符，然后在每个音符上添一对翅膀。"很无趣的创意。随便吧……"苏有些无奈地叹了口气。

在转过头看女孩的画时，苏愣住了……

　　女孩用水笔，在那一大片一大片的橙色中，画着很精致的线条。那片橙色开满了明媚的花。

　　"是向日葵么？"苏情不自禁地问了一句。

　　"是啊。"女孩转过头来微笑，"我最喜欢向日葵呢……"

　　"唔，就连她的微笑也是那么明媚呢……"苏有些发呆。

　　那天，苏是最后一个走的。

　　临走时，苏顺手翻了翻那个女孩的画纸。

　　橙。

　　名字的那栏，用一只橙色的水笔写着她的名字。

　　"橙？唔，原来她叫橙啊……真是个温暖的名字呢……"苏轻轻地笑了。

　　那天，苏很快地画完了自己的画，趴在桌上看橙画画。

　　橙的画法很特别，不论画什么，总是先在纸上抹上一片温暖的橙色，然后用黑色水笔勾出很精致的图案。

每张画，都是满满的、深深浅浅的橙色和柔美的黑色线条。再找不到其他的颜色。

"橙……"终于有一天，苏忍不住问，"你不论画什么背景都是橙色么？"

"嗯……说不清是为什么……你不觉得橙色是很温暖的颜色么？"橙说。

"唔。好吧……"苏想不出还能再说些什么。

夏

忽然有一次，画室的黑板上写着这次画的主题：夜。

一个字，一个也不多，一个也不少。

所有人几乎无一例外地都拿出了黑色或者深蓝色的画笔。除了橙。

橙依然执著地拿出自己橙色的画笔，在纸上抹着一片温暖的橙色。

苏愣了一下，张张嘴想说什么，却欲言又止。

橙的那幅画，很特别。一个女孩摆着"大"字型，仰面躺在一大片温暖而明媚的橙色里。那个女孩，满脸幸福的笑。

"橙……"苏轻轻地说，"这次的主题，是夜啊……"

橙浅浅地笑着。

"那是梦啊……"橙在角落上添了那幅画的题目。

夜里，我静静地梦着那片温暖。

"梦？"苏重复了一遍，"唔……梦啊……"

"对啊。是梦！"橙用力地点头。

"可是，就算再冷的夜晚，你的梦也会是一片暖橙色吗？"

苏问。

橙没有说话。

"你会做噩梦吗？"苏有些吃惊地问。

这个冬天，苏总是噩梦。说不清是为什么。

橙摇摇头。

"可是……"苏还想再说什么，却被橙打断了。

"多想想那些温暖，或许就不会做噩梦了吧。"橙说。

"就算在冬天……也会梦到暖橙色吗？"

"会的！"

"可是冬天那么冷……"

"有啊。冬天也有阳光嘛，阳光就是温暖的。"

"阳光？"苏怔了一下，"阳光……"

"是啊！无论什么时候都有阳光的嘛。"橙说，"我常常在夏天的时候梦到冬天，在冬天的时候梦到夏天。"

"在夏天的时候梦到冬天？那不是很冷吗？"

"夏天太热了啊！冬天的阳光包围着自己，很舒服呢……"

"那冬天呢？"

"冬天太冷了，梦到夏天的时候就会很温暖。不是吗？"

橙的梦，永远那么温暖。

真令人羡慕呢……

或许吧！多想想那些温暖，梦着的也会是温暖。

那个夏天，属于橙的夏天，橙梦着的夏天。睡着，梦着那片暖橙色。

心灵寄语

每个人都有自己的爱好。成长是很快乐的事情。

这是一篇反映少女情怀的小说，小说以对话的形式完成。

一个叫橙的女孩喜欢涂抹橙色，橙色是很温暖的颜色。

小说的主人公苏和橙各有特点。苏起初对橙的画不在意，接下来发现她画的向日葵很有些味道。

在这篇小说中，表现出新来的女孩给苏的生活带来了别样感受，文中叙说的话颇有意味，小说中橙同苏的对话流露出来美好的情愫。小说叙述自然，让人回味。

该小说内容上可穿插必要的描写，对话描写是一方面，人物之间的矛盾及环境描写也可穿插其间。

奔流大河

重庆/彭君一

河水对漂流在水中的一块皮革说："你是谁？"皮革回答说："我叫硬皮。"湍急的河水拍打着他，说道："你还是赶紧改个名字吧，我马上就能让你变软"。

——《伊索寓言·河水与皮革》

我叫夏小七。

听说是因为娘亲偏爱早蝉轻唱的初夏，所以给在七月出生的我取了这么一个没营养的名字。刚刚过完自己第十五个生日的我，正处在"少年不识愁滋味"的成长叛逆期。也许是因为父母工作忙与从小生活在祖父母家中，他们对我从来都是娇生惯养。

我住的城市，C城，以它著名的大雾与夜景闻名，而我却更喜欢被它包围的那两条大河。

我的家就在其中一条河的旁边，拥有宽敞的壮丽河景。而另一条，则是孕育了中华文明的河水，是华夏文明的起源。我家门前的这条河虽然没另一条那么有名气，但我以为它更易于让人亲近。

还记得小时候，有多少次被大人抱着站在河滩上望着它。那时的它在我眼里就如机器猫一般奇妙。而从没有见过大海的我每次看到它都禁不住扯着大人的衣襟嚷着：

"这是大海吗？"

每当这时，无比耐心的大人们都会反复地向我解释：

"不，不是哦！这是河，是大海的亲戚呢！"

"唉？真的吗？"

"嗯，河与大海都有着修长的上肢。于是，害怕孤单的他们牵起了彼此的手。而他们牵手的地方，就叫'入海口'哦！"

"是这样啊……真神奇呢！"

于是，我又无数次地用敬畏而又好奇的目光望向面前静静流逝的大河。

现在，十八岁的我早已知道江河湖海的区别，知道了小时候被大人逗趣的话语是多么幼稚。

我现在最担心的是明年究竟是去美国留学或是去日本留学。

考过了托福雅思与日语一级的我，应该最有发言权。但父母因为留学地点产生了分歧：娘亲支持我去日本进修外交，而父亲则认为我适合去美国研习法律。每当他们为了这事喋喋不休地争论时，我都会一个人无聊地望向窗外静静流动着的大河：如今已是枯水季节，河水依旧默默无语地向前流着，只是消瘦了许多。它露出了自己干裂的皮肤，上面的龟裂如同被空气冻结的血管。就这么裸露在初秋傍晚晕红的天空下，显得无比凄凉。

我又想起小时候，等到酷热退尽，就意味着可以到河滩上玩了。由大人牵着，蹦蹦跳跳地来到退水的河滩上。大人们围坐在一起喝八宝茶，孩子们则大声地叫闹着，追逐着，奔跑着，胆子大一点的会用手玩着残留在河滩小坑里被大河遗忘的冰凉河水。但我们都被责令不能靠近近在咫尺的大河，大人们总是说"危险"。所以我一般都会是静静地站在大人的身旁，出神地注视着莽莽大河无声地从我脚边流过。直到一个小孩把春天买的孙悟空风筝放得很高很高，引起了孩子们的轰动时，我才会转移注意力。

——那便是记忆中的河流。

那天晚上我做了一个奇怪的梦。梦中的我欣赏着C城霓虹闪烁的夜景，但终究摆脱不了大河的吸引，来到河上的大桥。那里有鹅黄色的温暖路灯，铁青色的栏杆，我还可以感受到身后不时经过的汽车卷起的秋夜里的寒风。而那大河，就在我脚下静静地流淌。

我默默地趴在栏杆上，望向那黝黑的，又有一部分被路灯照暖的河流。这时，我突然听见河流用平静有力而又低沉的声音向我说道：

"想什么呢？"

"咦？"我如同孩童般惊奇，疑惑地望向四周。但孤单的大桥上只我一人。

"我在下面哦。"

我把目光移向下面的河水，黑蒙蒙的某处激起一线涟漪，就像是河水的笑脸。

"请问，真……真的是河水先生吗？"我试着问，怀疑的口气异常明显。

"嗯。"一个富有磁性的声音答道。

梦中的我就这么相信，于是就与它攀谈起来……

"河水先生会结冰吗？就像湖水那样！"

"不会哦。"带着轻笑的语气。

"你看，在这边的岸边有棵很漂亮的小草，是喝我的水长大的哦！"

"哎！"我努力向上推了推眼镜，但四周实在是一片漆黑，除了大桥我什么也看不见。

"不好意思，太暗了，看不见呢！"

"这样啊！"稍微有点失望。

"这样说吧！"又换了种轻松的语气。"小夏，你是我看着长大的哦！"

"咦！大河先生以前也知道我？"

"那是当然！你也是喝我的水长大的呢！以前的你还经常来看我，有时靠我很近，我真想好好地拥抱你，但又怕太热情把你卷走，所以只能和你四目相望，然后慢慢流走。"

"这和会不会冻结有关吗？"我歪着头问。

"只要有我的生命所能触及之地，我就不会冻结。"似乎很开心。

似懂非懂的我"哦"了一声，又问出了奇怪的问题：

"那大河先生是否觉得，就这么流入大海值得吗？"

而它吃惊地答道："怎么这样想？"

"因为按大河先生的势头，流到世界各国也没问题啊！"

"呵呵呵。"开心地笑了几声，随后又换上厚重、平静的声音："我并不是流入海里哦。我只是和大海来了个大大的拥抱而已。"

那个梦的最后，它请求，"可不可以拥抱小夏一次呢，就一次好吗？"

于是，我奋不顾身地从桥上跳下，冷风不留情地划过我的脸颊，当我认为就要掉进冰凉的河水中时，我闭上了眼。

哗啦——

嗯？好奇怪。异常地温暖与柔软，就像落入了别人的怀抱。

然后听见泡泡从耳边浮上的声音，与一声模糊的"再见了呐，小夏"。

然后异常平静地醒来。

窗外大河，依旧无声地流淌。

最终，当父亲看到母亲给我订好的去日本的机票，认了输。

而我特别央求母亲没有订从C城直飞日本的票，而是从那个城市转机去日本。

那个城市，那个大河先生与海相牵的城市，比C城更繁华。趁转机的间隙，我跳上机场前的出租车，赶往大河先生的入海口。

站在陌生又熟悉的大河先生面前，我张了张口，却一句话也说不出来。

印象中，小时候我曾来过这里，看见江河缓缓流入大海，吵闹着要拍照。而如今，看到的是全然不同的景色——我看见大河与海水静静相携，虽然无声无息，却如同即将分别的友人般不舍，又如久别的恋人般缠绵。

我张开双臂，想介入他们温暖的臂弯。

可我做不到。

那天晚上，它还说过："我会变成雨，变成雾，变成早上六时闪亮的露水，小夏到时可要认得我哟！"

我将双臂环合，交叉相拥，似乎抱住了什么。

我抱住的是时间，是对未来的美好向往。

大河并未结束。

时间如同奔流不息的大河，纵使恶魔也不能将它剪断、冻结、干涸。

只要我们生活在时间的长河中，它都会载着我们不断地向前奔腾。

入海口并不是结束，大河又拥有了新的生命。它把新的希望注入每个人心中，注入所有生命体中，化为温暖的这个世界。

无声大河，并未结束。

心灵寄语

大河的故事也是人生的故事。

大河的进程也是生命的进程。

夏小七生活在雾都C城，这里有两条大河奔流交汇，让她感到亲近。每天来到河边，朝夕相对，在冥冥中进行对话。

大河静静地奔流，带着记忆和梦想，走过峡谷，汇入大海，与大海进行一次美丽的拥抱。

夏小七和河水的亲密接触中也充满着生命的感悟，带着对远方的向往，走向这条大河的出海口，走向海阔天空。

大河奔流，永不冻结，因为，它的前途是一种生命的希望。

这篇小说情感饱满，文字潇洒，汪洋恣肆。是一篇阐释生命本质的美好童话，也是一篇阐释生命意义的壮丽寓言。

它使我想起了严文井先生的《小溪流的歌》，但更多的是充满着一派豪迈的情绪。

退回到内心

陕西/焦蕊沁

清晨，我被手机的震动吵醒。恍惚还在梦中似的，摸索点亮手机屏幕，却被那瞬间明亮起来的背景灯晃了眼，这让我不敢确定，那个发件人为"冥冥"的信息是否是几秒钟前发送至这里。

一切此时的光亮，日光、灯光、金属色泽、瞳孔的反光统统变白，仿佛是被回忆吞噬了。

【壹】

图书馆的书架很高，书籍被排布得一丝不苟。阳光下的一层薄灰偶尔被风吹落，浮游在书的扉页上方，衬得颇为温暖。

我试图从书架的第五层抽下《卡夫卡集》，却被突如其来反方向的力拽得骨节生疼，惯性地松开了手指。

那一排整齐的书列赫然缺了一寸宽度，这让我自然而然的看向了那里，于是，看到了那个明媚的不真实的略带痞子样的微笑。

灯光在我的头顶昏昏沉沉地射下来，却在经过无数次反射过后，温暖地落在那个微笑上，仿佛是清水一样，溜过嘴唇的弧度，有一弯明亮刺目的高光。

"嘿，这本书我拿走咯。"清脆得像是琉璃互相碰触的音色，从那一寸的豁口处响起。

  我拙笨地点头，全然忘记刚才被弄疼骨节的愤懑。只是一味的顺从。

  对方满意地笑了笑，于是我听到"啪嗒啪嗒"鞋底触地的声音，愈来愈微弱，直到走到尽头。

  有这么一种潜伏在内心的抑制力，抑制我腾身追出去，抑制我脱口叫出"你是谁"。反而，只是使我保持上扬下颚的姿态，任眼前细小的灰尘穿插进书群，又奋力跳脱。

  第二个周末，图书馆依然静谧且明亮。

  旋转楼梯一直盘旋到最高层，让我感到有一种不可名状的压抑。令人讨厌的设计。

  我依旧情有独钟一层大厅的那第一排第一个座位，旁边是百叶窗。可以升降到二分之一处，让一半阳光射进来，恰好投在书页上。

  而让我感到慌烦的是，自始至终都没有人选择的那个座位，这次却被除了我之外的人抢先占领了。

我有些惶惶然的走过去，不知为什么，那个身穿白色衬衣的身影，让我感到一种莫名的熟悉感，像是嗅到了只属于自己身上的味道。

身体在接近那个背影的时候变得异常迟钝，仿佛是钟表内部最为厚重的那两个齿轮，每一个凹凸的吻合都显得极其费力。

我的指尖在她的肩头点了点，干涩地说，"同学，这……是我的位子。"

时光像是滞留了几十年，却又似即逝的瞬间。在一坐一站的你我之间循环往复，不知怎样才会停留，才能让一切明晰起来，让我真实的感受到你的存在。

"啊！你傻了吗，这儿不是随意坐吗？"

玩世不恭的语气，怎样才能不让我真正恼怒呢？为什么此刻，所有的声线，所有的平平仄仄，都变得那么温柔那么细腻？

"呵……习惯坐这儿了。那，你旁边可以吗？"

耸肩，说，"随意。"

又见微笑，举世无双的微笑，邪而不坏的微笑，媚而不俗的微笑，忧而不伤的微笑。一瞬，展露无疑。像是锦座上的瑰宝，让我望而生畏。

一个女生，真不简单。

后来询问了女生的名字，她用拖拉且不耐烦的口气说，"冥冥。"

冥冥，冥冥之中的冥冥。

正反空间之中悬挂的核心、臆测、念想，凭空生出的情愫，却极为笃定坚定不移，是猜测、估量。我知道，我在给你的名字乱下定义。

【贰】

我无从知道，冥冥和我是怎样心照不宣的在每个周末清晨，她顺理成章的坐在第一排第一个座位。五分钟后，我顺理成章的拉开第一排第二个椅子坐下。我们从未做过约定。

四月，像一根绵延的红线，裹藏住日光，一圈一圈密不透风。却在反噬太阳的同时，折射出火红且灼人的色彩。

我是中考生；而冥冥，是高考生。

此时此刻，宽大的圆木桌堆满了层叠的资料。在我们的青春中，一团红色还在蓄势待发，那不仅仅是为了拒绝考试而作茧自缚所反射的红烈，还有那个叫做梦想的东西。

冥冥也是从四月开始称我为"小孩"。也许，这满足了她王者的心理。她觉得自己已经长大成人了，即使她离十八岁还有两个月。

痛苦，也就那么一点。大部分来自潮水般的压力，不疼，却闷得厉害。

冥冥说，"小孩儿，你该庆幸，你还活着。"

其实这句话是该我说给她的，她不知道，我是怎样刻骨铭心的记得，她瞌睡到不行用圆规划自己的手臂。

血滴偶尔滴落，染红她的练习簿，将一道立体几何晕染得变了形。

她竟然不知疼。

汗水仿佛是违背水的汽化规律的，它总是蒸发极慢。酸涩得像是被顶在舌尖一样，总是那么一点。

"你知道吗，酸甜苦辣分布在舌头的各个部分。甜在舌尖，酸在舌背，苦在舌根，辣在舌侧。"冥冥这样一本正经地说。

"哦？是吗？"

我从未肯定过她的想法，但也从未否定过，不是吗？时间几十天几十天的过去，仿佛是措手不及间，大片飞过我们的肩头。

不是所有的酸和苦都在舌背舌根，不是所有的人都有条不

紊。茫然到做一道简单的化学溶解度都不知所措，你知道那样的惶惶然吗？

冥冥是无所谓将时间用到给我讲初中化学题上的，但是我总有歉意。她是高考生，背负的不只有梦想，还有艰巨的使命。

我从未问过她的成绩，料想是极好。我看到过她的测验试卷，红色的对勾一片。但她从没有会心的笑过，那种开怀的笑始终是我没有见过的。

我不明白她在担心什么、在不安什么？只是瞬间发觉，我们都掉入了一个白茫茫的洞窟，曾经一切的美好预想都在现实面前灰飞烟灭。

但我们仍要向上攀爬，徒手攀爬，任刺手的石子沙砾一点点和我们的皮肤擦身而过，我们都义无反顾。这不是飞蛾扑火，不是精卫填海。这是一种本能的反应，任何人在濒死前都要奋力抗拒，而那种力量足以让你起死回生。

午夜十二点，我穿睡衣坐在椅子上。冰凉的椅背让你不管不顾的翻开习题。柔和的日光灯此刻变得无限的生硬，像是冻结住的蒲公英，总也飘散不出遐想与希望。

冥冥发信息，默契到极致。她说，小孩儿，不要绝望，要拼就要累。

我的泪水无处可走，罅隙都不可存。我不能流泪，只是按左键，回复。

——是，你也加油。

总有旅者迷失在沙漠中，也总有旅者走到绿洲。

听驼铃，那里，是出路。

我们此时像是披着亚麻布的朝圣者，光脚行走在坚硬的土地上。我们一步一弯腰，将手放在耳边，额头触地，亲吻着干燥的土地。

我们的方向，是神明的塔，是太阳。

再虔诚不过，再万劫不复不过。

【叁】

冥冥是从五月下旬就消失了踪迹的。蒸发了般，像是梦里走过的人一样。

图书馆第一排第一个座位，自始至终空缺着。那里斜躺着阳光，像是剪纸画，服帖在那里，任光阴转移变化。

手机的信息再没有她的消息，"冥冥"的存在仿佛是占据了储存空间一样多余。我发过无数短信，却无一接到回复。

——"今天没来，生病了吗？"

——"为什么不回短信，怎么了？"

——"你出事了？发生了什么？"

——"告诉我，我帮你分担。"

——"你不管怎样，回一下短信可以吗？"

——"你在吗？"

——"你是谁？"

——"冥冥。"

——"冥。"

我终于知道，她的名字为什么是"冥冥"。

M. I. N. G.

皆是上扬的音调，像和弦尾音。

她在太阳之下，太阳在大地之下，组成"冥"字。

那该是怎样一个世界，太阳在地底？

我没有再找过她。只是仍然保持去图书馆坐在第一排第二个座位上，自始至终，永不改变。

那个微笑，温暖的带点痞子样的微笑，像是上帝托付日光给予我的一样，曾那么灿烂的指引我在黑暗中前行。

而今天，六月七日的早晨。在我毫无防备，惺忪着睡眼的状况下，那个被署名为"冥冥"且消失了一周的信息赫然出现在这个清晨。

明亮的，且有些失真的，仿佛是曝光过度的相片一样，清晰的出现在现实中。

那是信念，是梦想，是不离不弃。

我按下左键，接受。异常平静。

——"世界那样荒诞，我只有退回到内心。"

卡夫卡的话，真切的让人心灵灼热的话。

——退回到内心。

我知道，荒诞的不是这个世界，只是那些你想置之于度外的东西，而你要去追逐你的梦想了。我相信，选择退回内心的你将会让我看到举世无双的开怀大笑，给我不同于微笑的另一种震撼。

今天，是高考。

一定要加油。

心灵寄语

这篇小说叙述了两个女生的故事，小说流露出少年的向往。

在小说中，冥冥是个高考生，"我"是个中考生，"我"同冥冥在图书馆相识，冥冥是个率真的女孩子。冥冥的考试成绩极好，但她没有开心的笑过。作者对"我"在图书馆同冥冥相识的情形叙述得格外细致。

冥冥有着自己的梦想，她在追逐着自己的梦。她从五月下旬消失了踪迹，她在做什么呢，小说留下了悬念。

收尾部分，卡夫卡的话透露出冥冥的选择。

写小说，反映写作者对生活的认识，反映内在的思考。

这篇小说有其隐喻，每个人都有自己的心事，自己的向往。退回到内心，心灵的空间也许会敞亮起来。

走自己的路

安徽/董文欣

一

小鲤鱼仰望着高高的龙门，鼓足气，一跃而起，却在半空中掉了下来。离龙门还差好大一截呢！其他的鱼听说了，纷纷赶来围观。有的嘲笑说："别费劲了，鲤鱼跃龙门，那只是不可能实现的幻想而已！"也有的劝起了小鲤鱼："孩子，放弃吧！你不行的，别弄伤了自己。"小鲤鱼充耳不闻，依然一次又一次地跳向空中，锲而不舍。周围的鱼群渐渐困乏了，三三两两地散去，只留小鲤鱼独自在那，做着"不可能完成"的事。

终于，在一个月朗星稀的美丽夜晚，没有任何人陪伴与鼓励，小鲤鱼高高跃起，跃过了龙门，实现了"不可能完成"的"幻想"。

而那些永远也超越不了自我、享受不到美好世界的鱼儿们，则大声感叹："此乃奇迹也！"

二

犹豫了许久，男孩敲开了门。开门的是一位白发苍苍的老人。他笑眯眯地看了看低头不语的男孩，关切地问："你有什么心事吗？"

"我要选专业，父母让我学建筑，可我不喜欢。"男孩沮丧

地说。

"那你的想法呢？"

"我想学画画！我要成为一名画家！"男孩激动地说。

"那为什么不画呢？这是个很好的梦想啊！"老人微笑着轻声说道。

男孩神情黯淡下来："父母不允许。他们都认为学建筑比画画更有前途。而且，我也认为我不能成为画家……大家都觉得我没这个天分。"

"为什么？为什么不按照自己的意愿去做呢？"老人站了起来，大声说，"孩子，相信你自己，可以的。去追求你的梦想吧！不要在意别人怎么看，怎么想。"

"可是……我真的行吗！"

老人郑重地点了点头。男孩长吁了一口气，说了声"谢谢"，开心地跑了出去。

他一直跑啊跑，跑在自己梦想的轨道上。直到，他真的成为

一名画家。

<h2 style="text-align:center">三</h2>

这是智者的心声，还是胜者的呼唤？那是几千年前诗人但丁在《神曲》中写下的慷慨激昂的诗句：

走自己的路，让别人说去吧！

心灵寄语

每个人成才的道路不一样。《走自己的路》一文，作者通过小鲤鱼、男孩为例，来说明每个人实现理想和追求的道路都不同，但是坚持就一定会实现，表达了明确的思想主题。

作者在叙述过程中，以童话、故事的形式完成，内容紧扣文题，完成得流畅、自然。

撕毁记忆

新疆/岳香江

一

　　法庄寺。一尊贴金大佛横卧着，面带着永恒的微笑。佛香弥漫在佛祖阁。随处可见一手端放在胸前的和尚和尼姑。前来法庄寺的人也很多。大家排着长队，等待着烧香拜佛。轮到漓了。漓虔诚地拜了拜佛，上了香，走出了寺庙。一个尼姑追了出来。

　　"姑娘，你忘记拿走你求的签了！"签上的内容大概是这样的：人可以撕毁记忆。在你想撕毁的记忆的相关人背影上划一个框，想彻底清除，就将隐形的画框向左上方扬；想暂时隐蔽，就向右下方拉。

二

　　洋发威了，不，是洋闯大祸了。"杨老师，您不公平！""你把话说清楚！我怎么了？""你凭什么回答任何问题都叫李娴？"漓敏锐地意识到洋已经有些发怒了。"她学习比你好！"一时间，班里充满了火药味。洋夺门而出，杨老师也不示弱，挺着大肚子走出了初一（2）班。结果是必然的。"老班"进了班，把洋教训了一顿。"你不知道杨老师身怀六甲了吗？你不知道学生不能顶撞老师吗？"洋高傲地看着"老班"，眼里流露出不屑的光。气得"老班"说不出话来。洋也不懂，老师为什么总是给李娴绿卡。仅仅是因为她是校长的女儿？仅仅是因为她的年级排名比李娴低一位？这一切，洋也搞不懂。得罪了"老班"后果很严重。除了漓例外，大家都不理洋了。洋的花季过早地凋零了，洋的世界由五彩斑斓的锦霞色变成了灰蒙蒙的一片灰。漓感到洋就像一朵玻璃玫瑰，那么美丽却又那么多愁善感。而自己，无力保护她，也无力保护自己。

三

　　紧张的气氛一直持续了两周。每当上语文课，杨老师都不会正视洋，而洋做什么也会无一例外地避开杨老师，包括她的语文课。洋的成绩依然骄人——年级第二。杨老师在公布成绩排名时只写了分数。洋见到别的老师，会恭恭敬敬地敬队礼，甜甜地说一句老师好。而见到杨老师总会拂袖而过。"扬声器"感叹道："洋在杨下燃，洋在府中泣。本是同一姓，相煎何太急？"

四

初一（2）班有人顶撞老师的消息不胫而走，传遍了整个重点初中。大家都在议论，在这个所谓"乖乖宝贝"云集的地方大家能做的就是大惊小怪，感叹后投入到学习中，不能给其他的冷血动物一点点超越自己的机会。

洋有事要和漓说。两人漫步在花廊旁，郁金香散发出淡淡的香气，池塘边的水清澈见底，亦可望见五彩的石头。这一切是多么的美丽，只是这里的人都没有时间欣赏罢了。池水映着她们漂亮的脸庞，漾着她们昔日银铃般的笑声。"我也不想这样。只是我不懂，老师为什么这样？我为什么要平白无故的服软？"夕阳照在洋的脸上，楚楚动人。得帮帮洋啊！回到教室，漓一直黯然地望着窗外，想不出一个办法。漓急得开始发狂地翻着书包。"还有这闲心啊！明天就要模拟考了，你还有心思在这儿乱翻书包？"漓苦笑着，作为回答。这时，一张纸条飘然落地。漓一看，发现是自己上次求签时签文的内容。撕毁记忆，撕毁记忆。突然，漓的脑子灵光一闪：为什么不清除洋的这段记忆呢？在漓讲过自己的求签经历后，洋决定试试。是暂时消失还是完全抹杀呢？洋慎重考虑后决定使用暂时消失。洋也不知道自己为什么不用完全抹杀。难道自己怕杨老师？不可能。很快，这段记忆如炊烟，被清风吹散了；如薄雾，被暖阳蒸融了。洋的这段不愉快的记忆被暂时消除了。

五

消除记忆的消息像是一阵风刮进了校园，引起了一场小波澜。娴也想试一试。消除哪一段呢？嗯，就那段——老师教导自己的那段。老师那所谓的谆谆教诲在娴心中就如一粒粒散沙，虽多，却不能成为沙丘。几乎没有任何的犹豫，娴将隐形画框向左上方扬去⋯⋯

六

第二天，娴发现自己谁都不认识了。漓才恍惚地明白过来：记忆是有牵连的。娴如一个弱智儿童。13岁了却谁都不认识。她开始牙牙学语，一个个地重新认识她的同窗好友⋯⋯而洋呢？暂时的记忆消失让她变回了那个温柔可爱、楚楚动人的洋。洋领悟到：拥有记忆是一件多么令人自豪的事儿！

心灵寄语

我们大都不愿回忆让人难过的事情。依然延伸的路，催促我们向着远方迈进。

小说《撕毁记忆》，作者叙说了一个很有些离奇的故事，人的某些记忆居然能够清除。习作内容上看似荒诞，反讽意味浓。

作者构思是新颖的。开篇部分即让人产生神秘感，法庄寺的尼姑告诉漓求的签具有神奇的作用，是真的吗？紧接下来的情节，洋因班主任杨老师对李娴好而顶撞了她，师生俩自此互不理会。洋其实不想这样，她对漓说了心事，漓帮助洋隐藏了那不愉快的记忆。小说并未结束，娴也想试试清除老师教导的那段。意外发生了，娴竟然谁都不认识了。出人意料的结局，夸张、离奇。

这篇小说叙事平静、委婉，将不可能发生的事情，描写得如我们身边发生的事。习作显示出作者丰富的想象力。

心田上的秋千

福建/翁佳珊

秋千，摇啊摇，承载着欢声笑语，倾诉着悲欢离合，每一朵名为"勿忘我"的记忆花都是那样醒目，怒放在童年的心田。

——题记

（一）秋千

你说过，人的一生就像一座森林，那么挫折就是路边扎手的荆棘，密密麻麻布满了大地，仿佛就是你的绊脚石，过了这关还有那一关。

静静地"坐"在草地上已经有好几年的时间了吧？数不清有多少个春秋从我身边一晃而过，耳边阵阵孩童们的欢笑声像一袭春风，润物细无声，悄然间温暖心田。我知道，是孩子们又来找我玩了。五六个人手拉着手坐在我的身上，嘻嘻哈哈笑成一团；两三个人在后面使劲地推着，越荡越高；周围的尖叫声和惊赞声响成一片，像一曲跌宕起伏的乐章。随着我们触摸天空，在空中划出一道道优美的弧线，阳光暖洋洋地洒在我们身上，忽地感觉时光静好，这一群活泼调皮的小孩儿，给这寂静的草地增添了一丝生机。

而我最喜欢的是那个叫芊语的小女孩。日落的时候，她总爱躺在我身上观看夕阳西下的美丽景象，在我的手腕上系一个蝴

蝶结，随手摘起一株蒲公英，使劲地吹呀吹。看着一小撮白色的
"小伞"飞向远方，她高兴地在那儿拍着手，大喊大叫。一会儿
又跑过来说一些稀奇古怪的事儿，好像在自言自语，又好像在对
我发问。看着她那蹦蹦跳跳的身影被金灿灿夕阳的余晖越拉越
长，镀上了一层美丽的金色，在阳光斑驳的草地上显出别样的风
采。我多么希望时间能在这一刻静止，让我多多体验一把美好的

时光，将芊语和孩子们的欢笑声永远印记在脑海里。

（二）芊语

好大的一场雨啊！"哗啦啦"唱个不停，草地顿时被这场大雨洗了个澡。空气显得特别地清新，溢满了淡淡的芳草香，小草们一个个都有了精神，神气十足地挺直了腰板。一颗颗晶莹的露珠在草叶上晃动着，像一颗颗光彩夺目的水钻，十分惹人喜爱。猛地一回头，我不禁惊喜有加，漫山遍野上都开满了勿忘我，每一朵都是那么醒目，那么不同，像是承载着一段段不同的历史，记忆着每一天的欢声笑语。微风吹过，粉色和紫色的花海交错着，有规律地荡漾着，像是正在尽情演奏一场盛大的交响曲。我忽然想起了秋千，经过雨水的洗刷她变得怎么样了？昨天我系在她头上的蝴蝶结还在吗？大人们都说那架秋千在这儿已经很久，似乎伴随了好几代人的童年。可我总觉得秋千是个历史的守望者，像个落寞的精灵。我相信尽管她只是一个秋千，但她是听得懂我说的话的。我抬起头，突然发现天空多了一道绚丽的彩虹，她是那么的美丽，印记在每个人心中。我跳着蹦着，整个草地都是我的舞台，所有的万物都成为了我的观众。呵呵！我看见了她！亲爱的秋千，她看上去好像更有活力了！那个飘扬的蝴蝶结是那么引人注目，衬托得她颜色更加鲜艳了。我跑过去，像从前一样坐上去，依靠自己的力量荡了起来，肆无忌惮地唱着，笑着。感觉秋千的目光似乎一直深切地凝望着我，躺在秋千上，像是躺在母亲的怀抱，温暖有力，舒适极了。

（三）秋千

生活是一本无字的书，教会你去面对一切，学会坚强，学会珍惜童年的光阴。

记得有一句话说得很对，失去了才懂得珍惜。美好的日子，静谧的时光又是一晃而过，没有想到，战争竟来得那么快，让人措手不及。恐怖的气息在原来美丽和平的草地村庄上蔓延着。远处炮火轰鸣，一面大旗高高举起，好像很神气。我却觉得它像举起的屠刀，刺鼻的硝烟，漫飞的子弹，喊杀声尖叫声充斥着每个人的耳朵。小草无力地耷拉着脑袋，粉色和紫色的勿忘我就这样被那群猛兽踩在脚下，却无力反抗。夕阳西下，金色的霞光再一次笼罩着草地，却再也无法抹去它身上的伤痕，再也无法恢复昔日的场景。恍惚中，那个粉红色蝴蝶结似乎还在飞扬着，在空中慢慢地划出一道痕迹，闪着彩虹般的光芒，灵动的身影，左右摇摆的粉、紫色勿忘我。枪声响了，没有疼痛，世界一下子就黑了。

（四）芊语

勿忘我，勿忘我。

为什么美好和快乐总是那么短呢？昨天，我还在和花花草草，秋千一起玩呢！今天怎么就……战争来得太快了，快得让人有些措手不及。我不得不和大家一起逃到邻村避难去了。我真想把秋千和所有粉、紫色的勿忘我都带走。可惜，我无能为力。最后看一眼村庄，最后看一眼勿忘我，最后看一眼日落下熟悉的身影，愿那迎风飘扬的蝴蝶结能永远伴着她吧！风轻轻吹，拨动着我的心弦，拨乱了我的思绪，粉、紫色的勿忘我再一次轻轻晃动，晃出生活的节奏，晃出生命的弦音。

勿忘我？勿忘了我吧！

尾声

几年之后，战争结束了。大家都回到了自己原来的家，这其中包括一个叫芊语的女孩。人们在清理战场时，发现了一个奇怪的东西：草原上躺着一堆碎木块，整齐地摆成一个漂亮的心型，紧紧抓着一个粉红色的蝴蝶结。众人不解，唯独芊语热泪盈眶。

人们把这碎木块和蝴蝶结按照原来的形状整齐地摆进了小橱窗里，将它送给了战争纪念博物馆。而那个叫芊语的女孩自发地担任起了这个物品的讲解员，并把它命名为"心田上的秋千"。每当有游客好奇地询问原因时，她总是送给他或她一朵粉紫色的勿忘我，提醒人们不要忘了这段历史，不要忘了童年那首最美的旋律。

心灵寄语

这篇小说，通过秋千和女孩芊语之间的情感对话，演绎出和平生活的美好与战争的残酷。

小说的情节比较一般，但语言比较优美，富有诗意，而且情感饱满热烈，有一定的感染力。故事也是简单的。一架秋千，一个女孩，美好时光，战争年代，什么事情都会不可测地发生着。当战争结束，一切似乎烟消云散，但是留下来的却是心形"秋千"。

作者用拟人的手法，把秋千内心的想法与情感描绘得丰富多彩，与女孩芊语的情感交流更是让人动容。

海盗与赛尔之战

江苏/谭泽宇

以前阿尔法贝塔星是很漂亮的星球，但是，有一天，宇宙海盗艾里逊来袭。

这里面的所有精灵一起来抵抗，艾里逊大笑道："哈哈，想跟我打，你们还嫩得很呢！"他用巨型树妖的绝招——木叶风暴把它们全打得伤痕累累，说："我要把这里改造成我们的基地。"那些精灵一听这些话，就恳求道："艾里逊大人饶了我们吧！我们愿做你的宠物。"艾里逊说："切，我才不要你们这些垃圾精灵呢！"说完他就指挥手下道："快把这里的精灵斩尽杀绝。"

那些精灵们听了立刻感到毛骨悚然，特鲁尼做代表向艾里逊说："艾里逊大爷，如果你把这里的精灵都斩尽杀绝了，这里还有生机吗？再说，我们是多么可爱，你就忍心我们这么可爱的精灵死掉吗？"

艾里逊也不是没有爱心的，他同情地说："那好吧！我让你们在这里生活，但是你们在我商量事的时候，声音要小一点，听到了没？"

精灵们一听高兴地说："知道了。"那些精灵本想还在原来地方生活的，但是因为艾里逊要建城堡，所以那些精灵只能迁移别的地方——贝塔星能源站生活了。

艾里逊开始建筑城堡了。

为了防止有别的人侵略，艾里逊又建了一个机器手臂。两个月过去了，艾里逊的城堡终于建好了，就在艾里逊要搬进城堡住的时候，代表正义的宇宙船长侦查到了海盗艾里逊的确切位置。

"艾里逊在贝塔星，行。"在船长室的小赛尔听到了这句话，说了句："艾里逊来了。"船长说："我命令你们赶快通知所有赛尔，艾里逊来了，快到船长室来见我，我要和所有的赛尔说话。"

"好的！"

小赛尔们便开始"走街串户"的告诉赛尔。有的赛尔正在帮自己的精灵练级呢，也带它们来见船长了。船长说："艾里逊现在正在对贝塔星进行破坏，这是给你们的坦克套装，你们把自己变成坦克，用激光炮摧毁艾里逊的城堡。"

"是！"一个、两个、三个……小赛尔离开船长室，一分钟后全赶往贝塔星，连船长也去了。船长临走前吩咐站长说："我先去贝塔星几天，在我离开的这几天，你可不可以帮我守卫一下赛尔号？"站长想了想："行！"于是船长罗杰便放心地去了。

船长来到贝塔星时，艾里逊正在大声说："你们来干什么？是不是想破坏我的城堡？"

"是的！"船长说："我们这一次不仅要破坏你的城堡，还要把你消灭掉。"

"嘿！"艾里逊说，"想把我消灭？没门！让你们看看我的手下吧！"说完艾里逊的100个手下便全出来了。

船长说："嘿，让你们也看看我的'手下'吧！"说完无数的小赛尔出来了。

艾里逊说："罗杰船长，你太小看我了吧！我刚刚从卡兰星系学到一种法术，可以把你的部队变成和我的部队一样的，而且威力不小。"

罗杰船长好奇地问："真的吗？"

艾里逊说："信不信由你！"说完眼睛就变红了，身上腾起了黑火焰，然后他大喊一声："你们去死吧！"说完，艾里逊就跳起来，然后狠狠地向下一踩，许多石块便飞了起来，向上飞行的过程中石块变成了龙卷风，接着艾里逊头上的尖角朝着龙卷风发射出去。当尖角进入龙卷风的一刹那，龙卷风向赛尔军队吹过去了。

转眼间，赛尔军队剩下一百人了。

罗杰船长看到后悲痛欲绝，他说："不要怕！我们要化悲痛为力量，攻击艾里逊。"一个小赛尔听后随即说道："艾里逊，

我跟你拼了。"于是赛尔军队就开始吸收天地之精华、日月之光辉，光合作用后一起发射。

"砰"的一声，艾里逊的八十位部下便命丧黄泉了，只剩下二十位部下了。艾里逊和他的部下身子变成和城堡一样高，试图挽回败局。船长见了大呼："合体！"于是，一百个赛尔变成了和艾里逊一样高的坦克。罗杰船长在里面指挥："猛攻！"赛尔们就拼命蓄力，直到满满的才发射。

艾里逊的手臂被炸掉了，紧接着，他的胸部也被射中了，然后，另外一只手也被射断了，他的部下也只剩下9人了，不得已他只好命令巨型树妖听从精灵召唤，等下一次他再侵略赛尔号时，让巨型树妖把小赛尔的巨型树妖或小树精变化成为自己的手下，用木叶风暴狂击赛尔们。做好这些安排后艾里逊就逃走了。

把艾里逊赶走后，船长开始慰问精灵，把它们放回自己原来生活的环境中，然后他到海盗要塞，看见这里到处都是垃圾，便组织大家清理，并在这里给精灵安了家——古鲁和梅鲁。

于是，精灵们便在这里幸福地生活了。

心灵寄语

　　《海盗与赛尔之战》描述了海盗艾里逊占领贝塔星，船长罗杰带领小赛尔同艾里逊争战，双方施展威力，赛尔们在船长指挥下，击败了艾里逊。战斗一波三折，场面紧张激烈。

　　这篇科幻小说叙述流畅、自然，侧重点明确，这是可取的。作者在描述战斗场面的同时，情节铺展上应更曲折生动些。

那些有鸽子的日子

吉林/滕宇涵

来到这个城市时，几近黄昏。

在黄昏，每一个笑容都会被即将失去的光明无限放大，然后再一层一层涂抹上无尽的哀叹。

在下长途汽车的时候，碰巧看见旁边的广场上一群白鸽在风中哗啦啦地起飞，落在撒着轻轻尘埃的高石阶上啾啾啾地叫着。夕阳把血色放肆地蔓延在它那白色的羽毛上，暗色的调调唱出了莫名的悲哀。

落在长木椅上的鸽子不易察觉地微笑了一下，有几抹黄昏的温柔落入了它褐黄色的眼瞳里，投到墙上的影子一样可爱起来。人的脸、人的心也随之明媚了。

那是鸽子的微笑，被残阳渲染的诗情画意。

接我的朋友亦是爱微笑的女人，穿着一袭旗袍，像从电影里走出的旧时代的大家闺秀似的，很优雅的一个人。

她迈着碎碎的步子，微启双唇说欢迎来上海。

我站在街角一下子彷徨起来，只因上海带给了我似曾相识的味道。

有几个学童在徒劳地放着风筝。

朋友有一个很漂亮的别墅，她给我安排了一个靠近大花园的房子。

夜里下起了雨。慢慢地打散了天上的月亮，残片和着夜晚天上几朵诡异的云。

我有着轻微的孤独症，不想与任何人做复杂的交流。

愿意一个人生活弹琴旅行，亦或是透过绿色的玻璃片看着变了样子的世界。

朋友说你该走出去看看，我便一大清早出门了，冷艳的上海在眼前铺开。

偌大的城隍庙里，我慢慢地走在一条小巷，很短，不敢加快步伐。

因为她是那么美的一条巷子，曲曲折折的，有着石板路。

清晨咸湿的空气，两边矮矮的招牌，精致的小点心，热气腾腾的竹筒饭，无关痛痒的音乐，这时还没有熙熙攘攘的人潮。

一切都有着静谧虔诚的表情，古色古香的装饰。

街巷尽头有一只折耳猫灵巧地闪过。

那天上午的时候，我坐在一家很安静的酒吧里，靠着巨大的落地窗向窗外看着。漂亮的男生问我想喝什么，我指了指牌子上的柳橙汁。男生笑了，难道您不喝酒吗。我转过身去，突然不想说话了。

太阳照得很毒辣，洋人带着宽宽的花边遮阳帽领着蹦蹦跳跳的小孩子，在冷饮店要了一杯冰激凌。

太阳的光晕在地上幻化成了好大一摊白色。

跑到外滩去拍夜景。

一个男孩寂寞地随着人流向前走，买了两支绿色心情吃。

他的眼神很特别，就像是那个彼得，那么的单纯。

像是遗失了什么东西，却还是想不起来。有几分惆怅的感

觉，又像是回不去的光阴，"噗噗"的变成泡沫幻灭了，仿佛只
美丽过一瞬。

真是个好奇怪的感觉。

我跟在他的身后漫无目的地走，后来发现他也漫无目的。

茫然地看着世界，眸子里泛起雨花。

我拿起照相机拍了下来，尽管是黑天还是调到黑白那一档。
我知道这样做效果不太好，但却拍出了一双流血的眼睛。他半个
身子都窝在黑暗里，深深的眼眶陷着，不加打理的头发，在夜上
海绚烂的灯光下暴露出一个空虚的人儿，灯火辉煌时有着刺眼的
白光。

不知为什么，我轻轻地拍了拍他的肩膀。他慢慢地转过身
来，看着我的照相机。我示意他站到中间来，因为我觉得他的影
子映在斜方拍出来会很好看。

他莫名其妙地笑了："你是不是不会说话？"

我拽了拽衣角，点点头却又摇摇头。我真的不想说话。

他捏了捏我的手。"我想，你是跟我一样的人。"

冰凉的手指，浅浅的笑容。

我跟朋友说，我在外滩那里认识了一个男孩子。

朋友夹了一筷子菜，说："你喜欢上了？"

我慢慢地琢磨着这句话，最后摇了摇头。

他告诉我他叫田野。他拿着我的手指写着田野，在野的那一勾上顿了顿。

语调很寂寥，"我们去广场。"

空气里很潮湿，大朵大朵升腾起白雾。

有什么东西迷失在空气里……

我们披着晨曦，跑到了广场上。

迎着太阳，又哗啦啦地起飞了一群白鸽。在阳光的点缀下周身都笼罩着美丽的光环。扑闪着翅膀，透过阳光显得很单薄。飞得近的可以通过亮光依稀看见细微的血管，还有被牵得很生动的羽毛。

田野捏了捏我的手，很用力，很用力，他说："我的血是蓝色的，你信吗？"

他把手掌张开对准灼目的太阳，映出了缓缓流动着的忧郁的蓝色。

"你很像我以前喜欢的一个人。"他悲戚地说，"真的。"

他促狭地转过身，"我有时也会恨她。她带给了我太多太多的痛苦。"

我突然沙哑地说了一句，"看，鸽子飞到太阳里去了。"

照相的时候，再次拍到了田野那双流血的眼睛。

把光都打在了离他很近的鸽子身上。

我一路上拍了很多很多张的照片，一张张地回放时，才发现，有一张拍到了受伤的太阳。那张照片的光线很衰弱，以至于大部分的色调都很苍白。

田野却很喜欢这张。我细心地捕捉到了一声小小地叹息。

我和田野去了东方明珠，我穿着一条背带裤，胸口挂着灰蓝色的照相机。

排了好长好长的队终于挤上了最高层，朝下面俯视着。

一个人趴在玻璃窗上，低下头就可以看见相隔几百米下面的人群。

到处都是人，黑压压的一片，仓皇地走路。

自己霸占了偌大的玻璃，手指在上面轻轻地叩响，突然想到这好像上帝在敲打世界的门。看着下面的人群很少有静默在那里的，大概都是为名为利而奔波，世界就是这样大的一张网，缠住了芸芸众生。

自己跪在玻璃地板上拍照，不停地拍打着玻璃感受到了心里某一处一直在轻微地颤动。

田野趴在玻璃上静静地看人。眼睛很潮湿。

在玻璃上躺了一天，看见黄昏慢慢渲染了天空。

朋友领我去做了一身旗袍，她说我们宝贝穿旗袍更好看。

我固执地告诉她，应该是背带裤。

因为胸前的口袋可以存放很多记忆，还可以挂着照相机。

我很爱摄影，因为我始终都悲哀地认为，很快有一天我会离开这个世界，我不想忘记这个世界里的太阳，天空，还有上海的鸽子。

不知，会不会有田野？

在车上我拍下了打在车窗上连成一片海的雨滴，朦胧地还可以隐约看见公交车站的牌子。

我去地铁站等地铁的时候，抓拍了呼啸而过的地铁里的人。

一张张麻木的脸被速度模糊了。

到处都是灰色灰色灰色，平庸的灰色。迷乱。

被压抑的痛感。

在上海一所写字楼的天台上，田野点燃了一支烟。那烟袅袅地盘旋上升，我紧紧地盯着它。

田野很费力地说："我曾经。"我看不见田野的脸，但我能想到那一双藏满忧郁的眸子。

便这么硬生生地没了下文。

"你喜欢过一个人吗？很用力很用力的那种喜欢。甚至，喜欢到她的微笑胜过自己的生命？"他复叹了一口气，说。

"是那种喜欢，不舍得有一丝一毫的伤害。她的声线填满了心脏，灵魂。以至于一下子抽离时，那种赤裸裸的疼痛，不加掩饰的疼痛，生不如死的疼痛。就像，就像突然被强行灌入了毒药，片刻的温存都不再。"

高空上冷冽的寒风从双腋下穿过，倏倏地发出响声。

"其实，所有不成熟的爱情，都任性不过时光。随着时间的慢慢流逝，也许我会被磨平了所有的棱角，每天也会夹着公文包，而不是像现在这样每天游离在不属于我的上海。"

良久，他小声地说。

"还有可能，我会找一个平凡的人结婚，之后平平凡凡过一辈子。不会再有这样璀璨的爱情，那么美，那么伤。"

语调越来越落寞，终于归于沉寂。

"你长得很像她。尤其是你扎两个小辫子穿着背带裤固执地仰望天空却被日光刺到流泪的样子。"

"星星出来了。"我突然说。

我不小心听到了田野的泪声，被淹没在星群里的他，疲惫地喊着另外一个人的名字。

就哪怕是在黑夜，就算是我站在那么婆娑的夜里，也都能看见鸽子。

可这该死的爱情，偏偏惹怀念。

风把鸽子的翅羽吹得凌乱。

"白痴们都认为自己的爱情很伟大。"

"可热恋的人们都是爱情里的白痴。"

田野带我去欢乐谷玩，他还是买了两支绿色心情，但他却不肯给我一支。

一大早排了一天队要坐一次木质的过山车。

在最高的峰顶上忽地一下子冲刺下来，身子不稳，觉得在死亡边缘徘徊。不小心大叫了出来，田野用发冷的指尖捏了捏我的手。

瞬间安定。

我把手掌覆在了田野的唇上，他悄悄划开了一个"看鸽子"的弧度。

鸽子在很近的地方飞着，拉开独属于鸽子的微笑。

再次冲到峰顶时猝不及防地撞到了太阳。

我们后来听了个英国乐团演奏的音乐会，我不知不觉把头倚在他身上慢慢地睡着了。

他悄悄拍下了我熟睡的模样。一个人沉醉在空白里。

我离开这个城市的时候，几近黄昏。

我穿着背带裤手拿着风车在广场上和白鸽拍了一张照片，用的仍然是黑白的那一档。正巧碰上了天边一缕潇潇洒洒的火烧云。

田野执意送我去长途汽车站。

"快乐还有多远？"他突兀地问。

"快乐快了。"

这是我和田野说的第三句话，也是最后一句话。

哗啦啦地，白鸽也来跟我告别。

隐隐约约地，又不知是谁在暖暖的晚风中低吟浅唱：

似曾相识，

一段迷离的过往，

一点难忘的心伤，

越过时光的阻挡，

陌生的你我只能擦肩而过，

云烟里聚散一些迷惘。

——张学友《似曾相识》

心灵寄语

这篇小说诗意充盈，唯美浪漫。

小说的故事情节很简单，也可以说是模糊的，就如小说结尾引用的张学友的歌《似曾相识》的名字一样，小说里呈现的就是这样一种：熟悉却陌生，陌生却相知，偶然却必然，相遇即分别，分别却相逢，人生的无奈与荒谬等，许多富有哲理性的元素。描绘的是关于人生，关于情感，关于成长的故事。

故事以第一人称描述，讲述"我"一个人在上海旅游，偶遇一位单纯和忧郁的男孩。只有三句话的交往，却让一个男孩子和女孩子都彼此熟悉各自的伤痛与爱情，而且都是一样的人，是非常相似的人。然而这样的相遇注定要以伤痛收场，就如人生的相逢和告别。

梦想与现实的冲突，不管是爱情，还是我们的人生都会碰得七零八落，因为从来人生和情感都是不完整的。

故事简单，然细节丰富，值得品味。

● "最新基因草"风波

浙江/姜刚涛

在一个山清水秀的小村庄里，生活着许多快乐的小动物们，还有三颗闪亮的星星——活力星、智慧星和优护星。他们和小动物们打成一片：活力星总是带领小动物们运动，教小动物各种体育运动，每天卖力地义务陪教陪练，好像身上的劲儿使不完似的；智慧星则喜欢教小动物们读书写字、研究创新，总是静静地思考着，为小动物们排忧解难；而优护星则最了解小动物们了，总是鞍前马后地为小动物们挑选最适合他们的东西和生活，所以大家都爱与他玩。

不过，村子里也有不喜欢三颗星星的，那就是心怀鬼胎的老狼和狐狸。他俩天天打着如意算盘，琢磨着怎样从小动物们身上

大把大把地捞钱。这不，今天狐狸和老狼又在酒楼小聚，算计小动物们口袋里的钱了。

"嘿！老弟啊！这年头，赚点儿钱可真不容易啊！"老狼夹了颗花生米，长叹一声，又开了一瓶啤酒。狐狸抿了一口酒，斜着眼，瞟着老狼意味深长地说："大哥，钱这东西，只要你想赚，说容易也不容易，说难吧，其实也不难，关键是你肯不肯干。"这几年，狐狸盖起了洋楼，添置了小汽车，风光无限，老狼对他是羡慕不已。听了狐狸的话，忙问："兄弟有何高招？快指点愚兄一二！"狐狸故意卖着关子："我怕说出来，哥哥没胆量干呐……""只要能赚钱，兄弟你只管说，我是唯你马首是瞻！"狐狸这才压低声音，凑近老狼耳语一番，老狼听了喜笑颜开，头点得像啄米的小鸡。

几天后，一个"青青草公司"成立了，老狼与狐狸将"植物快长剂"与"鲜嫩美味剂"趁着夜色喷洒到了公司种植场的野草地里，没过几小时，那又瘦又黄的杂草变成了有书包大小的鲜嫩碧绿的青草。老狼喜滋滋地收割完，天就亮了，于是与狐狸一起把它们拉到集市上，在最热闹的地方摆了一个摊，上面还拉出了一条横幅，上书"最新基因草"。狐狸还在一边大声地吆喝着："最新基因草，不但美味，还减肥、美容、促进孩子智力发展，改善人们亚健康状态，帮助老年人抵抗衰老……"引得小动物们纷纷前来购买。特别是胖得出奇的小猪，还有一心想要聪明点的小牛，特地拉来了一辆平板车，吭哧吭哧地把一大车"最新基因草"拉回了家。

与小狗一起来逛集市的智慧星将一切看得清清楚楚，当他看到老狼阴险的笑和狐狸收钱时那两眼放出的贪婪的光，心里

升起了疑云："贪婪懒惰的老狼和狐狸，从没看到过他们辛勤的耕耘，怎么会有这么水灵硕大的青草？"他急忙赶回家，把自己看到的情景一五一十地对活力星和优护星说了一遍，他俩一听也深感疑惑，但猜不出老狼和狐狸唱的是哪一出戏。"我看这样吧！"活力星打破了沉寂，"今天我们准备一下，明天晚上，我们到老狼和狐狸的'青青草公司'去看一看，一定要把事情的来龙去脉弄个水落石出。""好！"大家一致同意。

可是第二天，出事了。小牛一醒来便哎哟哎哟地叫唤着，被120救护车送到了医院，小猪、小羊也出现了同样的症状，幸亏小豹子和小老虎的热心帮助，才使病人们被及时送到了医院。羚羊医生给他们做了检查，并将血液、大小便进行了化验，忧心忡忡地对家属们说："情况不妙，都是严重的食物中毒，要马上洗胃治疗！"

智慧星隐约感到，这事一定与老狼他们有关。优护星也赞同智慧星的看法，因为小牛很强壮，一般的小病小痛，他从不吃药打针，只要休息几天，他便又来玩了。这一点，活力星也能肯定，因为他每天都与小牛一起锻炼。

晚上，他们仨蹑手蹑脚地进了老狼与狐狸的"青青草公司"种植场。他们眼前只是一片又黄又瘦的杂草，哪有肥大青翠的鲜草呀？正在疑惑，忽然闻到一股汽油似的味儿，接着是一股香味儿。"好难闻……"优护星的嘴被智慧星堵住了，"快把鼻子捂住，别喊，你听是什么声音？"侧耳细听，原来是老狼和狐狸："快长、快长，我的乖乖，钱呀钱来了，哈哈哈，我们发财了……"

"果然是这两个坏蛋干的好事！"活力星狠狠地说，"看我去砸了他们！"智慧星赶忙阻拦："他们狼高狐大，你打不过他们的！""那，那怎么办？难道眼睁睁看他们祸害大家？"活力星像泄了气的皮球。"先不急，看看他们放的是什么东西，再想办法。"优护星说。"瞧，那儿有俩瓶子！"活力星跑过去，惊喜得像发现了新大陆，连蹦带跳地回到同伴间。幸亏老狼和狐狸正在兴高采烈地收青草没发现他们。"呀！"智慧星拿着瓶子惊叫一声，"这不是前几年就禁止使用的'植物快长剂'和'鲜嫩美味剂'吗？这两个玩意儿可是会让人生重病的！"优护星与活力星大吃一惊，"那怎么办？""别急，看，这是什么？"智慧星指着一个装白粉的瓶子说。"这，管用吗？不过是一瓶粉嘛！""这是我新研制的原料分析粉，可以将那些坏东西在加热时分离出来哦！""是吗？"优护星半信半疑。于是他们趁老狼和狐狸不注意把原料分析粉洒到了最新基因草上。

　　早上，小山羊从老狼那儿买了好些草，回到家，一放进锅

炒，一股刺鼻的汽油味飘了出来，接着又是一股像蚊香一般的气味。"呀！"她惊叫一声，赶紧请来了鉴定师。不鉴定不知道，一鉴定吓一跳，这里边竟然有各种致病的化工原料，催长剂……看得人毛骨悚然。

老狼和狐狸知道事情败露，赶紧拿着用小动物们健康换来的昧心钱逃跑了。小动物们撒下了天罗地网，他们哪里还有逃的路，于是他们决定来个鱼死网破。这时他们碰到了智慧星。智慧星说："你们只要藏起来，就可以享受赚来的钱了，何必来个鱼死网破呢？"老狼和狐狸直点头，"可是哪里可以躲呢？""我知道有一个地方可以躲。"活力星胸有成竹地说，"瞧，在那儿！"好大一个树洞，隐在树叶中，不易被发现。小动物们追赶的声音越来越响，狐狸也顾不得什么了，一把抓住老狼，拼命往上爬，好不容易爬进了树洞。

狐狸和老狼刚想喘口气，只听"咣"的一声，优护星和活力星把树洞用铁栅栏锁住了。"你们就在这儿好好地反省反省吧！"智慧星幽默地说。当村子里的小动物们听说老狼和狐狸两个大坏蛋被关起来的消息后，无不拍手称快，欢呼着把智慧星、活力星和优护星一次次抛向空中……一场"最新基因草"风波过去了，村子里又恢复了平静，小动物们和三颗星星又过上了开心幸福快乐的生活。

心灵寄语

　　写小说，融入现实生活某些现象来完成，具有的意义更大些。

　　小说《"最新基因草"风波》语言生动、活泼。作者笔下的智慧星、优护星、活力星很聪颖，与之形成对比的老狼、狐狸则有些贪婪、狡诈了。

　　这篇小说中，老狼与狐狸成立了"青青草公司"，种植的"最新基因草"导致胖得出奇的小猪、一心想聪明点的小牛生病住院。

　　接下来的叙述，智慧星同优护星、活力星发现了老狼和狐狸的秘密。原来，最新基因草里竟然有各种致病的化工原料。

　　最终，老狼和狐狸得到了应有的惩罚。

　　姜刚涛的这篇小说完成得顺畅、自然，不但故事情节比较新颖，还有一定的现实意义。